Einaudi Ragazzi

Storie e rime

474

Collana diretta da Orietta Fatucci

ISBN 978-88-6656-024-1

www.edizioniel.com

Chiara Carminati

L’estate dei segreti

Illustrazioni di Alfio Buscaglia

Einaudi Ragazzi

a Damiano, Davide, Matilde e Samuele
i miei adorabili Cugini Selvaggi.

L'estate dei segreti

Dandelion
Casotto
Madonnina
Casa
Simone
Ponte di
barche
Casa
galleggiante
di Saverio
Lapide
Lanca della
Maga
Bosco
Paese

Capitolo primo

Fisso l'intrico di rami sopra la mia testa.

Qua e là si vede il cielo. Ha delle venature rosate, come un variegato all'amarena: il sole sta tramontando. E io sono ancora qui.

Il piede è incastrato, non riesco ad alzarmi. Dovranno venire a cercarmi, per forza.

Quanto tempo passerà prima che qualcuno pensi di cercarmi qui? Per un attimo, l'idea che passi *troppo* tempo mi sfiora come una lama. Devo mantenere la calma. Prima o poi si accorgeranno che non sono nei paraggi, cominceranno le ricerche e...

Quanto ci mettono? Forse finirò per passare la notte in questo bosco. Non è un pensiero molto rassicurante, devo distrarmi.

Se chiudo gli occhi, riesco a vederli. Riesco a immaginare cosa accade in ogni singola stanza di Dandelion, a quest'ora: in cucina ci sono la mamma e la zia, indaffarate a provare qualche assurda ricetta del loro corso di Cucina Creativa. Il papà sarà in veranda, unico posto dove si riesce a far stare il seggiolone di Martina, e probabilmente ha la faccia ricoperta di frullato alla pera. Il tappeto del salotto sarà sepolto dai giochi di Martina, ma non ci sarò io a cui chiedere di rimetterli in ordine. Laura e Linda... non riesco a immaginare cosa facciano Laura e Linda. Di sicuro sono chiuse nella loro stanza, ma è un mistero cosa combinino insieme tutto il giorno.

Chissà quando si accorgeranno che io non ci sono. Probabilmente al momento di apparecchiare la tavola: fino ad allora sarei stato invisibile comunque. Bene, stasera avranno una bella sorpresa.

Guardo il mio piede: sempre che trovarsi nel cuore del bosco, in un punto imprecisato fuori da qualunque sentiero, all'ora del tramonto e con un piede intrappolato si possa definire «bella sorpresa».

Capitolo secondo

Io non ci volevo venire, a Dandelion.

Pensavo che saremmo andati in campeggio con Vittorio, come ogni anno. Dai tempi dell'asilo, cioè da quando io e Vittorio siamo amici, abbiamo sempre passato le vacanze insieme alla sua famiglia, in montagna. A Dandelion invece non ho nessun amico. Anzi, peggio ancora: non c'è proprio *nessuno* con cui fare amicizia.

Dandelion è la casa dei miei zii. Sta in pianura, vicino a un fiume, a chilometri di distanza da qualunque forma di vita interessante. Quando mio papà era piccolo, lui e sua sorella, la zia Magda, ci passavano le estati. La chiamavano «la casa di villeggiatura». Qualche anno fa la zia Magda ha deciso di trasferirsi a Dandelion con la sua famiglia, perché è rimasta molto affezionata a quella casa. Non ne capisco il motivo. È un posto come un altro, per di piú d'inverno c'è sempre la nebbia, d'estate è pieno di zanzare, e il paese piú vicino non è per niente vicino, da quanto ricordo, e ha solo una piazza con un bar, che fa anche da fruttivendolo, edicola e rivendita di pane.

Ma quest'anno niente montagna con Vittorio. Quest'anno c'era la novità.

– Si cambia programma, – ha detto mio papà a pranzo. – Quest'estate niente campeggio.

Sono rimasto con il cucchiaio a mezz'aria. Un presentimento.

– Si va in *villeggiatura*! – ha esclamato la mamma. – A Dandelion! – ha aggiunto, e il suo sorriso si è specchiato nella zuppa di lenticchie che stava servendo.

Il cucchiaio mi è ricaduto nel piatto.

– Ma è una cosa dell'altro secolo, andare in *villeggiatura*! – ho brontolato.

La mamma mi ha scoccato un'occhiata offesa. – Sono andata in villeggiatura per tutta la mia infanzia.

– Infatti tu sei nata nell'altro secolo. In *villeggiatura*! È insopportabile perfino la parola. E perché poi? Perché non possiamo andare in campeggio come sempre?

Mamma e papà si sono scambiati uno sguardo, sospirando.

– Adesso che Martina cammina è piú difficile da tenere d'occhio. Ed è troppo piccola per il campeggio, – ha detto papà. – Finirebbe per ficcarsi in qualche guaio. Magari l'anno prossimo... ma quest'estate no, è ancora troppo presto.

Martina è mia sorella, quella piú piccola. Da quando è nata, la casa si è trasformata a sua misura. Non avevo idea che un neonato potesse provocare tanti sconvolgimenti del territorio. La cosa peggiore è stata dover rinunciare alla stanza dove studiavo musica e portare tutto in camera da letto. Se viene qualcuno a trovarmi sono costretto a incastrarlo fra la tastiera e il violoncello.

E adesso mi toccava anche rinunciare al campeggio.

Ho cercato di agire sul loro senso di protezione, volgendolo a mio favore. Ho provato a dire, con la voce piú drammatica che riuscivo a trovare: – Ma vi rendete conto? In quel posto Martina potrebbe venir *divorata* dalle zanzare. Magari è allergica e voi non lo sapete. Magari con dieci punture di zanzara si gonfia come una foca e poi le si apre la pelle e...

Non mi ascoltavano. Non mi ascoltano mai. Avevano già ricominciato a parlare tra loro di cosa mettere in valigia. A casa mia, io conto come un germoglio di soia in un'insalata mista: cioè, niente. Da quando è nata Martina poi, ho spesso l'impressione di essere diventato trasparente.

Lo so che non ha senso essere gelosi di un fagottino di due anni che non fa che mangiare e poltrire tutto il giorno. E sono sincero: mia sorella è un essere adorabile, con quelle sue guance paffute e gli occhi da lemure. È simpatica, affettuosa e per giunta le piace ascoltarmi quando faccio gli esercizi di violoncello. Insomma, io le voglio bene. Quelli che non sopporto sono i miei genitori: non sopporto che si precipitino su di lei appena emette un suono, non sopporto che facciano ruotare tutta la nostra giornata intorno alle sue pappe e ai suoi riposini, non sopporto che diventino di burro ogni volta che sorride. E Martina sorride *sempre*. È nata sorridendo, come dicono loro. Che poi lo sanno tutti che quando sono appena nati i bambini non sorridono davvero, si tratta solo di contrazioni involontarie dei muscoli intorno alla bocca.

Prima che nascesse Martina, il papà mi portava spesso al parco a vedere gli allenamenti di canottaggio. Mi aveva anche promesso che con la bella stagione avremmo provato ad andare in canoa, e che mi avrebbe insegnato gli esercizi per allenarsi a secco.

Altro che bella stagione. Da quando è nata Martina, è tutto un correre e affaccendarsi intorno a lei. Al parco non siamo piú andati. Figurati in canoa.

– Ti sta bene. Almeno cosí sai cosa ho provato io. Benvenuto nel club dei fratelli maggiori.

Questa è mia sorella grande, Laura. Ha quindici anni, due piú di me. Detto per inciso, Laura era felicissima di venire a Dandelion, perché va molto d'accordo con nostra cugina Linda. Hanno la stessa età, Laura e Linda, le Due Elle. Due papere nello stagno: sempre impegnate a raccontarsi qualcosa di segreto, a ridacchiare degli altri o a mandarsi messaggini a vicenda. Almeno a Dandelion questo non possono farlo, c'è poco campo per il telefono. Per di piú, le Due Elle sono le maggiori esperte nell'arte di eclissarsi quando fiutano l'arrivo di un Lavoretto. I Lavoretti possono essere chiesti da uno qualsiasi degli adulti in qualsiasi momento della giornata, ma si concentrano di preferenza nelle ore dei pasti. Cominciano sempre con la stessa formula: «Già che ci sei...» o anche «Già che sei qui, potresti...» E poi di seguito le richieste, che spaziano nella fantasia: lavare l'uva, asciugare i piatti, sparecchiare la tavola, piegare le federe, tagliare i pomodori per la salsa, togliere la terra dai funghi con il fazzoletto... Ed è lí che l'Allegra Famiglia si ricorda di me... mentre le due papere se la squagliano alla grande, perfettamente indisturbate.

Al contrario di Laura, io a Dandelion sarei stato solo. E questo era il motivo principale per cui non volevo venirci. E poi mi ricordavo di Dandelion come di un posto noiosissimo. Ci eravamo già stati per un fine settimana cinque o sei anni fa, quando ero piccolo. È una casa completamente isolata, e tutto intorno ha solo alberi, alberi, alberi. Degli alberi però vedi solo la cima, perché la casa è circondata da un muro di cinta con il cancello elettrico. È vero che all'interno c'è un grande giardino, ma sembra piuttosto un tappeto da salotto: non c'è niente fuori posto. L'erba perfettamente rasata, disseminata di aiuole con piante preziose, divieto di farci rimbalzare sopra palloni e di passarci con le ruote della bici. Una noia.

Il fiume non è distante, ma è come se non esistesse. Se fosse dipinto sarebbe la stessa cosa. Nessuno osa farci il bagno, anche se la corrente è lentissima, perché pare che l'acqua sia piena di sostanze tossiche e probabilmente anche di ratti di dimensioni ciclopiche.

Il paese è oltre il fiume. Per arrivarci bisogna passare un ponte mobile, fatto con una serie di barche attaccate una all'altra, e andare avanti ancora per un bel pezzo. Nessun'altra abitazione nei paraggi, se si esclude un rudere disabitato giusto dietro alla casa degli zii.

Mi avevano detto che il rudere era un vecchio fienile che una volta faceva parte della proprietà di Dandelion, ai tempi in cui ci abitavano i bisnonni. Infatti sul retro della casa il muro di cinta si interrompeva per un paio di metri, chiusi da una semplice rete di metallo fissata male al terreno. Quando eravamo stati a Dandelion l'altra volta, il rudere del fienile mi era sembrato un posto degno di esplorazione. Non era stato difficile sollevare la rete e passare dall'altra parte. Mi si era aperto un mondo: quello sí che era un giardino! L'erba mi arrivava al collo, a camminarci in mezzo faceva un suono bellissimo, come un sussurro. Sembrava di nuotare nel prato. Ero talmente affascinato che non m'importava nemmeno delle ortiche che mi pungevano gambe e braccia. A ogni passo sentivo dei piccoli rumori crepitanti a destra e a sinistra, sicuramente animali che zampettavano o strisciavano lontano da me. Poco piú in là si intravedevano le pietre del fienile, ma non sono mai riuscito ad arrivarci: due mani mi avevano afferrato per le ascelle alzandomi in aria.

– Cosa stai facendo, monello? – aveva detto il papà. – Vieni via, non vedi che giungla c'è da questa parte?!

Cosí ero stato riportato nel mondo civile di Dandelion, e il sabato era passato in una palude di noia. Il giorno dopo avevo provato a giocare a nascondino con Laura e Linda (era ancora il tempo in cui le Due Elle si degnavano di giocare con me). Nessuna soddisfazione: gli alberelli del giardino erano tutti troppo magri. La sola pianta interessante era un cespuglio gigante di forsizia, ma sembrava che avesse un sensore con allarme incorporato perché la zia si accorgeva immediatamente se qualcuno ci si avvicinava. Pensavo che sarebbe stato bello in effetti entrarci dentro e vedere cosa c'era in mezzo a quel gomitolo di rami, ma ogni volta che ci provavo era la stessa storia: – Dario, *ti prego*, non avvicinarti alla forsizia. Lo sai che i fiori sono molto delicati, li farai cadere tutti!

Mi sono rassegnato a giocare con i cavalli delle Barbie di mia cugina per tutto il pomeriggio. Da solo.

Quando siamo ripartiti, ho tirato un sospiro di sollievo. E quella volta erano stati solo due giorni. Ora si parlava di restarci tre settimane!

A mio onore va detto che non mi sono arreso facilmente: mentre loro facevano le valigie, ho provato in tutti i modi a spiegare ai miei genitori perché secondo me la vacanza a Dandelion non era una buona idea. Ho esposto una a una le mie ragioni in favore del campeggio e dell'aria di montagna. Ho elencato loro tutti i possibili danni evolutivi che un ragazzino della mia età potrebbe subire a causa della mancanza di socializzazione. Ho fatto presente che l'umidità del fiume non avrebbe fatto per niente bene all'accordatura del violoncello. Non è servito a niente.

– Dario, non sprecare il fiato: abbiamo già deciso. La zia Magda è sola con Linda per tre settimane, e le fa piacere ospitarci a Dandelion. Vai a preparare lo zaino.

– Ma *perché*? Non capisco *perché* dobbiamo andare proprio lí!

– Capirai quando sarai piú grande.

Questa è una cosa che non sopporto. La classica risposta che ti riduce a un mucchietto di ossa insignificanti. *Perché* devono prendere decisioni che mi riguardano, senza nemmeno consultarmi? *Perché* alla mia età non posso essere considerato degno di avere delle idee, delle opinioni, dei progetti? Mi sono ritrovato impacchettato sul sedile posteriore della station wagon, senza che nessuna delle mie proteste avesse avuto il minimo effetto.

– Vedrai come ti diverti, – ha detto la mamma chiudendo la portiera, con quel sorriso che non ammette repliche che sa fare solo lei.

È stato lí che ho pensato di scappare.

Capitolo terzo

Da quanto tempo sono bloccato qui? Il piede mi fa male. Non mi spiego come abbia potuto incastrarsi sotto questo maledetto tronco, quando sono inciampato. Ho provato a girare la caviglia in tutte le direzioni, niente da fare. Non riesco a liberarmi.

È già passato un bel po' di tempo. Perché non sono ancora venuti a cercarmi? Tendo l'orecchio: niente, nessun richiamo. Solo un suono basso e continuo, come le fusa di un gatto enorme. Deve essere il fiume. Si intravede un'apertura piú chiara verso il fondo della boscaglia, probabilmente è dove comincia l'argine. Si vedrà ancora per poco però, perché le ombre stanno cancellando la ragnatela di luce tra gli alberi.

Quando ho pensato di scappare, non avevo in mente una fuga di quelle serie. Non volevo nascondermi su un carro merci o scendere fino alla foce del fiume a nuoto, per raggiungere paesi sconosciuti e cambiare identità. Niente del genere. Non avevo neppure pensato di venire nel bosco. Volevo solo andarmene per un po' da Dandelion senza dover rendere conto a nessuno. Cambiare aria. Starmene un paio d'ore lontano da sorelle, cugina, mamma, zia... Una famiglia di sole femmine è soffocante. Una volta almeno c'era papà, ma da quando si dedica a Martina è come se non esistesse. Volevo provare quel brivido di emozione che ti prende quando ti trovi da qualche parte e pensi che nessuno al mondo sa che sei lí. Mi sarebbe bastato attraversare il ponte e farmi quattro passi lungo la strada, insomma, non cercavo niente di particolarmente avventuroso. Di certo non mi aspettavo di finire nel fitto di questa boscaglia rugginosa, circondato da un groviglio di rovi e con un piede incastrato. Che mi fa un male cane, detto per inciso. E ancora per inciso, meglio lasciar perdere il cane.

Forse si stanno preoccupando per me, ma non sanno dove cercarmi. Forse si stanno macerando dal rimorso per avermi portato a Dandelion contro la mia volontà, e mia sorella Laura farà voto di regalarmi tutti i suoi fumetti di *Beck* se mi ritroveranno vivo. Immagino che quando mi troveranno si scioglieranno in lacrime. *Se* mi troveranno.

Tutta colpa di quel tizio vestito di verde. L'avevamo già incontrato l'altro giorno sul ponte, quando stavamo arrivando a Dandelion. Il viaggio è stato abbastanza lungo. Ci siamo fermati tre volte: una per cambiare Martina, un'altra per darle da mangiare e la terza perché ho scoperto che Laura stava staccando con l'unghia il ritratto di Johann Sebastian Bach che è incollato sulla custodia del mio violoncello. Ci siamo messi a litigare e papà ha minacciato di passare le vacanze in autogrill. Alla fine siamo arrivati sul ponte di barche, ma la mamma non era sicura che fosse quello giusto. Diceva che sul fiume di ponti ce n'è tanti e si assomigliano tutti, e insisteva per fermarsi a chiedere la strada, anche se il papà diceva che lui se lo ricordava benissimo, che non c'era bisogno di chiedere un bel niente, che aveva passato la sua infanzia a correre su quel ponte ed era sicuro che fosse quello giusto, e altro che assomigliarsi tutti, quello lí era un ponte di barche e non ce n'era uno uguale in tutta Europa. Comunque, proprio quando eravamo fermi in testa al ponte, è comparso dal niente quel tizio vestito di verde, e la mamma ne ha approfittato per tirare giú il finestrino e chiedergli indicazioni per Dandelion.

Il tizio aveva la barba e i capelli lunghi e bianchi e uno sguardo strano, come se gli occhi fossero pieni d'acqua. Invece di rispondere, ha infilato la testa dentro al finestrino e ci ha guardati a lungo, uno alla volta. Ha guardato me piú a lungo degli altri. Mi fissava come se dovesse leggermi negli occhi le previsioni del tempo. Eravamo tutti imbarazzati, i miei genitori non sapevano cosa dire. A quel punto il tizio in verde ha fatto sí con la testa piú volte e ci ha fatto un segno con il braccio, come a dire che ci dava il permesso di passare. Il ponte poi era effettivamente quello giusto e Dandelion era poco lontana, subito oltre l'argine del fiume.

Ero curioso di vedere se in questi anni a Dandelion fosse cambiato qualcosa. Speranze vane, tutto come l'altra volta: il solito tappeto perfetto di erba e vasi di fiori, i soliti alberelli senza ombra, il solito inespugnabile cespuglio di forsizia. Mi è tornato subito il pensiero di scappare.

Il giorno dopo ho fatto il primo tentativo di evadere alla chetichella, ma ho sbagliato porta e sono finito in cucina. Sulle prime non ci ho capito niente: si vedeva solo fumo.

– Spiedini alla magadascia! – ha annunciato mia mamma, tra due colpi di tosse. – Dario, già che sei qui: togli i peperoni dalla griglia e tagliali a pezzetti.

Al decimo peperone avevo i polpastrelli ustionati e un principio di soffocamento. Sono uscito sotto il portico a cercare aria e sono inciampato sul cesto della biancheria.

– Dario, già che sei qui, – ha detto la zia Magda. – Mi aiuti a piegare le lenzuola?

Dopo quindici lenzuola, il cancello elettrico in fondo al giardino mi sembrava un miraggio. L'avevo quasi raggiunto, quando la voce di papà ha raggiunto me. – Dario, aspetta! Già che sei qui... – Oh, no. No no no no. Voglio scappare, papà! Non voglio essere qui! – Puoi andare in paese a prendere il pane e il giornale? Tieni i soldi.

Mi ha messo in mano tutto il portamonete con gli spiccioli. Questo cambiava le cose. Avevo dei soldi. Il mio progetto di fuga si faceva interessante.

Libertà! Il ponte di barche risuonava sotto i miei piedi come la tastiera di un pianoforte. Una bella corsa e sono arrivato in paese. I soldi mi cantavano in tasca. Come potevo spenderli? In piazza c'era una gelateria, ma l'insegna *BluFreddo* era spenta. D'altra parte, chi ha voglia di un gelato a colazione? Soltanto io. C'era anche un negozio di cellulari, chiuso anche quello. Le uniche cose aperte erano il bar e la farmacia. Il Bar Sport è un posto un po' scuro. Arrivando da fuori, mi sono dovuto prendere un po' di tempo per abituare gli occhi. Ma la prima cosa che ho visto sono state le macchinette dei videogiochi, perché sono sempre accese. Non era una cattiva idea... Dopo aver comprato pane e giornale, ho contato le monete che mi rimanevano: bastavano come minimo per cinque partite. Ma non sono riuscito a farne nemmeno una. Appena ho infilato due monete nella prima macchinetta è apparso un energumeno vestito di nero, che si è materializzato dal fondo del locale. Avrà avuto diciotto anni, era un bel pezzo piú alto di me, e come prima cosa mi ha dato uno spintone.

– E tu chi saresti?

Questo non l'ho detto io, l'ha detto lui. Io ero rimasto cosí spiazzato che non avrei avuto la prontezza nemmeno per pensarlo. Mi sono guardato intorno ma il barista non c'era piú. Eravamo soli nel bar. Mi si è bloccata la saliva in gola.

– Ti ho fatto una domanda, stronzetto.

E giú un altro spintone. Sono indietreggiato come fanno i gatti quando non vogliono perdere d'occhio l'avversario.

– Vuoi rispondere o preferisci che ti gonfi la bocca a pugni?

Niente da fare. La lingua rimaneva attaccata al palato come una sanguisuga asciutta. In quel momento la macchinetta del videogioco ha risputato le mie monete, come se volesse rispondere per me. Non era la risposta che voleva lui, però. Ha schioccato la lingua con disprezzo. – Vattene via, e non farti piú beccare qui a giocare, capito? Non è roba per piscialletto come te. Via, fuori!

Fine della fuga. Sono tornato a Dandelion e ho fatto esercizi al violoncello per il resto della mattina.

Be', oggi invece eccomi qua. Sono evaso sul serio. Però sono anche riuscito a farmi inseguire, a inciampare su un tronco e a rimanerci incastrato sotto con un piede. Senza contare che sta facendo notte e non so dove mi trovo, e questo non era per niente nei piani. D'altra parte, nei miei piani non avevo messo in conto il cane dei vicini.

Ovviamente non avrei potuto metterlo in conto, dal momento che non sapevo che a Dandelion ci fossero dei vicini e tanto meno che i vicini avessero un cane. E che il cane *non* avesse la catena.

Avevo appena fatto qualche metro oltre il cancello, che ha cominciato a corrermi dietro. Me ne sono accorto dai tonfi delle zampe: era grande come un muflone. Ho messo le ali ai piedi. In un attimo sono arrivato al ponte di barche e l'ho attraversato come una lepre. Chissà quanto sarei potuto andare avanti a correre cosí, forse fino a farmi scoppiare il cuore, o forse finché il cane non mi avesse raggiunto e sbranato. Fatto sta che invece, dall'altra parte del ponte, all'improvviso è balzato fuori il tizio vestito di verde. Di nuovo lui, quello con gli occhi color acqua trasparente. Si è messo in

mezzo alla strada e ha allargato le braccia, come se volesse fermare una cavalcata di demoni. Dietro avevo il cane, e davanti lui. Che bella prospettiva. Non avevo nessuna intenzione di fermarmi a fare quattro chiacchiere, cosí senza pensarci troppo ho scartato verso sinistra e mi sono infilato nel bosco, continuando a correre a zig-zag in mezzo a rovi e liane, nella furia di far perdere le mie tracce al cane. Ho finito per perderle anch'io, le tracce. E sul piú bello sono inciampato su questo tronco che ora mi schiaccia la caviglia, ed eccomi qua. Di buono c'è che il cane non si è piú visto né sentito. Si vede che ha preferito fare conoscenza con l'Uomo Verde piuttosto che sgranocchiarsi le mie scapole.

Dicono che quando hai paura c'è una specie di ormone che ti entra in circolo e non ti fa sentire il dolore. Infatti mi accorgo solo adesso della fitta alla caviglia. Probabilmente si sta gonfiando, sarà ancora piú difficile toglierla da lí sotto. A questo punto, sarebbe proprio opportuno che a Dandelion qualcuno si accorgesse che sono scomparso e venisse a cercarmi. Magari con una pila. E magari anche con una provvista supplementare di barrette al cioccolato.

Sí, buonanotte.

A proposito di notte, il cielo sta diventando blu scuro e non riesco quasi piú a distinguere i rami controluce. Detto per inciso, ho anche un po' di fame. Quanto tempo sarà passato? Un'ora? Due? Mi sembra di essere qui da un'eternità. Perché non arriva nessuno? Possibile che non si siano accorti della mia assenza? Va bene essere distratti, ma insomma... Sarà quasi ora di cena: è un momento fondamentale per gli Annunci Lavoretto. Figurati se Laura si prende tutti i Lavoretti senza chiedere perché non li danno a me. E quando mi cercheranno e scopriranno che non ci sono, si metteranno in allarme. E se poi non mi trovano...

Cos'è questo rumore?

Chiameranno la polizia. Non c'è problema, se non mi trovano chiameranno la polizia. I poliziotti arriveranno con i cani. I cani. E se invece arriva prima *quel* cane? Rabbrividisco. Non so se è il freddo o qualcos'altro. Provo a girarmi sul fianco destro per tentare di smuovere il tronco spingendolo con il braccio sinistro. Ci riesco quasi. Poi appoggio il gomito su qualcosa di duro e appuntito, e il nervo mi manda una scossa. Ricado a schiena indietro, mi ero dimenticato di essere in un intrico di rovi. Per fortuna non è ancora buio del tutto e c'è un po' di luna, almeno non mi sento completamente solo.

Cos'è questo rumore?

Capitolo quarto

Non è la mia immaginazione, qualcuno si sta muovendo non lontano da qui. Qualcuno o *qualcosa*. Si sente un fruscio alternato allo schiocco dei rami secchi, a intervalli regolari. Una volta ho letto che un merlo che zampetta nel bosco può fare piú rumore di un capriolo. Forse è un merlo. Andrebbe bene anche se fosse un capriolo, tutto sommato.

Se soltanto riuscissi a liberare il piede, potrei almeno mettermi in salvo su un albero. Se è il cane, non riuscirà ad arrampicarsi. Se è un orso, sí. Avrei dovuto informarmi se da queste parti ci sono orsi.

Riprovo la manovra spostandomi sul fianco sinistro. Da questo lato almeno non ci sono rovi, anzi trovo sotto le dita una pietra liscia che mi dà finalmente un appoggio utile. Spingo il tronco con un braccio e con l'altro piede. Il rumore si ferma. Qualunque cosa sia, si è messa in ascolto. Non so come muovermi senza farmi sentire. D'altra parte, se resto cosí... basterà l'odore a farmi beccare. Sento di nuovo i brividi scatenarsi lungo la schiena come una fila di formiche velenose.

Prendo una decisione improvvisa, spinto dalla paura, e con uno scatto tiro il tronco verso di me. Il tronco si sposta. Mi libera la caviglia e mi si appoggia sullo stinco. Cosí però almeno riesco a ruotarmi e anche ad allungare entrambe le braccia. Scavo nella terra a mani nude, in modo da allargare lo spazio tra il terreno e il tronco che mi tiene intrappolato. Incredibilmente riesco a liberarmi. Ma adesso non so da che parte muovermi per scappare. Ascolto. All'inizio c'è solo il respiro del bosco. Poi si sente di nuovo quel rumore. A questo punto non ho dubbi: sono passi. È una bella notizia. E vedo un'altra bella notizia: una luce! Chiunque sia, sta camminando con una torcia elettrica in mano. Arrivano i soccorsi! Sono salvo.

Ho parlato troppo presto.

Nell'entusiasmo del ritrovamento, urlo: – Sono qui! Sono qui! – agitando le braccia, come se mi trovassi su una zattera in mare.

La luce tentenna un attimo, poi si dirige verso di me.

– Papà? Mamma? Siete voi? Sono qui!

La luce ora è molto vicina, illumina le foglie e i rami spezzati. Poi, quando è proprio vicinissima, viene puntata contro la mia faccia. Resto abbagliato.

– Ehi, metti giú! Chi è?

Nessuna risposta. Un vago senso di disagio mi allaga lo stomaco come una pozza di aceto. Chi è? L'Uomo Verde? Perché non risponde?

– Chi sei? Aiutami, mi sono fatto male, qui alla caviglia...

La torcia punta il mio piede, poi di nuovo la mia faccia. E infine, lentamente, il fascio di luce cambia direzione. Si allontana da me, fa mezzo giro e si rivolge verso la faccia di chi lo impugna, illuminandola da sotto.

Lancio un urlo. La faccia scoppia in una risata. Lancio un altro urlo.

– Ma chi sei? – sento dire alla mia voce, con un tono acuto che non mi riconosco. Le mie gambe fanno d'istinto due passi indietro e finisco in un altro nido di rovi. Le spine mi graffiano dappertutto, mi sposto rapidamente e sbatto contro un albero. Cerco di arrampicarmi ma la caviglia mi cede, sembro un topo in una lattina unta di olio. Il fascio di luce sale un poco, e mi rilasso. Era stato il gioco delle ombre a farmi vedere una specie di mascherone.

Niente di tutto questo: davanti a me c'è un tipo che avrà piú o meno la mia età. Forse meno. È magro e piuttosto spettinato. Porta una maglietta di quelle che ti fanno nei centri vacanza, con il nome stampato sopra. C'è disegnato un delfino e sotto la scritta *Simone*.

– Simone? Ti chiami Simone?

Continua a guardarmi in silenzio ma negli occhi ha un lampo, come se ridesse di qualcosa che io non vedo. Mi studia da capo a piedi, passandomi addosso il fascio di luce.

La tensione mi ha logorato i nervi e la caviglia non smette di pulsare. Mi affloscio lungo il tronco dell'albero puntellandomi sulla gamba sinistra e gli dico, un po' seccato: – Accidenti, mi hai fatto paura. Di' un po', non potresti andare a chiamare qualcuno, invece di startene lí impalato? Mi sono fatto male al piede...

Mi guarda un attimo. Poi di colpo spegne la luce, mi gira le spalle e se ne va. Lui, la torcia e tutto.

– Aspetta! – urlo. – Ehi tu, Simone, aspetta! Per favore, torna qui!

Riappare dal buio, sempre con quel suo sorrisetto enigmatico.

– Scusa, – gli dico. – È che il piede mi fa male, è notte e non so neanche dove sono.

– Come sarebbe, non sai dove sei?

Oh, finalmente. Allora parla. Ha una voce un po' strana, molto sottile e con un lieve accento straniero. Dice *sarrrrebbe*, arrotando la erre.

– Sono entrato nel bosco per sbaglio e mi sono perso. Non so come uscirne.

– Per sbaglio? – Sorride, inclinando la testa

di lato. Direi che si sta divertendo un po' troppo. – Io pensavo che tu fossi venuto qui apposta. Credevo che tu fossi venuto per vedere la lapide.

La lapide? – Di cosa stai parlando?

Forse sono svenuto e sto avendo un incubo. Sto sognando una specie di elfo dei boschi che parla con gli spiriti e tiene in mano una torcia e nell'altra mano... delle barrette al cioccolato.

– Tieni una di queste, – mi dice. – Non fanno passare il male, ma sono meglio che niente. La lapide è lí in fondo, vedi?

Dirige la luce della torcia piú o meno verso il punto dove ero rimasto intrappolato con il piede. Ecco cos'era la pietra liscia su cui mi appoggiavo. Continua a sembrarmi tutto molto irreale. È notte, sono nel bosco con un piede fuori uso, accanto a una lapide misteriosa, con un tale apparso dal nulla che ha le tasche piene di barrette al cioccolato... Comincia a essere troppo per le mie povere forze.

– Davvero non stavi cercando la lapide? – mi chiede. Per la prima volta, sembro averlo sorpreso.

– Te l'ho già detto, non so di cosa parli, – gli ripeto con un sospiro. – Sono finito in questo ammasso di rovi perché ero inseguito da un cane feroce.

– Oddi non è un cane feroce, – puntualizza, risentito. Decisamente, è piuttosto per-

maloso l'amico. – Ti seguiva per giocare. Ma non gli piace entrare nel bosco: avresti dovuto rimanere sulla strada, se volevi giocare con Oddi.

– Non avevo nessuna intenzione di giocare con il tuo cane!

– E allora perché correvi sul ponte, se non giocavi con Oddi e neppure cercavi la lapide?

Allora mi controllava! Che ficcanaso. Spione. Ma la sua torcia mi serve, non posso rispondergli quello che penso di lui. Cambio discorso. – Cosa sarebbe la lapide?

Si siede accanto a me e appoggia la schiena all'albero. Mi parla tenendo gli occhi puntati nei miei.

– Una storia vecchia –. Dice *storria*. – È successo molti anni fa. Un ragazzo del posto che veniva spesso a pescare al fiume. Da solo. Sapeva nuotare, però non gli è servito. Non si sa cosa sia successo, ma non l'hanno piú ritrovato –. Fa una pausa d'effetto. – Neanche il corpo, – conclude.

Corrpo. Mi vengono di nuovo i brividi. Ma chi è questo Simone che sussurra storie terribili al buio con la stessa indifferenza con cui reciterebbe le capitali europee?

– Qualcuno dice che non hanno ritrovato il corpo perché se l'è mangiato un pesce siluro. Scarpe e tutto. Un pesce siluro di dimensioni enormi!

Adesso i suoi occhi sono molto vicini ai miei. Ha odore di caramella. Cerco di non fargli sentire che la mia voce trema appena. – Ah, interessante. E cos'è un pesce siluro?

– Non lo conosci? È un pesce lungo e viscido, una specie di grosso cannone, con i baffi sopra e sotto la bocca. Ha la bocca a forma di tagliola. Fa fuori tutti gli altri pesci, ma non solo quelli: dicono che possa mangiarsi anche le anatre, anche i cigni e anche... anche *altro*.

Mi devo distrarre, altrimenti finisco per farmi suggestionare da queste storie folli. Pesci di fiume che mangiano esseri umani? Nessuno mi ha mai parlato di niente del genere a Dandelion. – E la lapide?

Fa spallucce e non risponde.

– E secondo te io ho l'aria di un tombarolo? Perché mai sarei dovuto venire qui a cercare la lapide di uno sconosciuto che è finito nel fiume? – gli chiedo, pur di rompere il silenzio. Non mi piace per niente questo silenzio.

Alza di nuovo le spalle. Mi pianta addosso i suoi occhi enormi con le pupille dilatate, inclina appena la testa come per studiarmi meglio e fa cadere nelle mie orecchie queste parole: – Cosí. Forse perché poteva succedere anche a te.

Capitolo quinto

Non ci ho creduto nemmeno per un attimo.

Chiunque sia questo Simone, è evidente che ama lavorare di fantasia, tanto per procurarsi qualche emozione. O forse sta cercando di spaventarmi. Non farò il suo gioco. Il mio problema adesso è come andarmene da qui. Magari però i miei genitori sono davvero in preda alla paura che io abbia fatto la stessa fine di quel ragazzino. Che scemo sono stato a scappare senza dire niente. Un incosciente. Mi prende una stretta forte allo stomaco e un fiotto di rimorso mi invade la pancia.

Ma poi penso che in realtà sono passate ore, e nessuno è ancora venuto a cercarmi. È la prova provata: evidentemente non gliene importa nulla di me. A questo pensiero, la morsa allo stomaco risale verso la gola, mi strozza, mi pianta le unghie negli occhi. Sarà la tensione di queste ore che si allenta, ma sento le lacrime pizzicarmi il naso. Appoggio la testa sulle ginocchia e nascondo la faccia tra i gomiti.

Mi vergogno di mettermi a piangere davanti a uno che non conosco e che per giunta è piú piccolo di me, ma Simone non sembra avere voglia di prendermi in giro. Non sorride piú, nemmeno con gli occhi. Mi appoggia una mano sulla spalla e mi scuote piano. – Ehi... cosa ti prende?

La pelle del mio braccio è ruvida e odora di umido e terra.

– È per il ragazzo della lapide? – mi chiede. – È stato molto tempo fa, non...

– No, non è per lui. È per me. Non lo vedi, potrei essere morto anch'io adesso, e finora nessuno ha fatto nemmeno il gesto di venirmi a cercare. Non hanno neanche chiamato la polizia. Se ne fregano.

Simone mi guarda in silenzio. Sembra indeciso se dire o non dire una cosa. Poi la dice: – È inutile che li aspetti, non verranno a cercarti.

Adesso comincia a darmi sui nervi, lui e le sue erre arrotate. Lo guardo con ostilità.

– E tu che ne sai?

– Lo so. Gli ho detto che stasera saresti rimasto a cena da me.

– Tu gli hai detto... *COSA*?

– E che forse ti fermavi anche a dormire.

– Ma hai le pulci al posto del cervello? Non so nemmeno chi sei!

– Tu no, ma i tuoi genitori sí. La mia casa è attaccata a quella dei tuoi zii. Noi siamo i loro vicini. Hai presente quella rete di ferro che c'è sul retro del giardino di Dandelion? Da lí si vede casa nostra.

Lo guardo sempre piú incredulo. – Abiti nel rudere del fienile?

– No, il rudere c'era prima che arrivassimo noi. Poi mio papà l'ha messo a posto, e adesso c'è la nostra casa. Abitiamo lí da due anni. Mio papà e mia mamma sono amici dei tuoi zii. Tua zia Magda si fida ciecamente di me, mi ha anche lasciato i suoi fiori da annaffiare quando è andata in vacanza. Quando le ho detto che venivi a casa mia, era molto contenta. Ha detto: «Finalmente Dario ha fatto amicizia con qualcuno»!

– Si può sapere perché l'hai fatto?

Si stringe nelle spalle con aria di sufficienza. – L'ho fatto per te. Ti ho visto uscire di casa, e da come camminavi era chiaro che te ne stavi andando di nascosto. Ho pensato che ti sarebbe tornata utile una copertura di qualche ora, se volevi trovare la lapide.

– Ma io *non volevo* trovare quella lapide! Non la stavo neppure cercando!

– E io che ne sapevo? Quando ti ho visto correre verso il bosco, ho pensato che fosse per la lapide. Comunque, bella educazione, complimenti –. Si alza in piedi di scatto. – Mi urli addosso, invece di ringraziarmi...!

Temo che se la sia presa di nuovo e se ne vada lasciandomi qui. Adesso poi che c'è anche questa storia della lapide... non ho nessuna voglia di rimanere solo in questo bosco un minuto di piú.

Mi allungo di scatto sul fianco e lo afferro per l'orlo dei pantaloni. – Fermati! D'accordo: ti ringrazio. Sei stato veramente gentile a pensare di prepararmi un alibi, e ti ringrazio. Ora però non potresti darmi una mano a tornare a casa? La caviglia mi fa male e non so la strada.

Sbuffa. Mi gira intorno con l'aria di prendermi le misure. Sbuffa di nuovo. – Sei troppo pesante. Devo cercare qualcosa.

Scompare con la torcia nel buio fitto. Lo sento camminare, a tratti. La luna è scomparsa. Sento dei rumori strani, e non sono sicuro di capire da che direzione vengano. Non sono sicuro che siano tutti prodotti da Simone. Poi d'un tratto, piú nulla. Silenzio.

– Simone! – urlo, di nuovo con quella vocina acuta che odio sentirmi in gola.

– Sono qui, dietro di te, – sussurra. – Ti sto preparando una stampella.

Sento il rumore di un coltello contro il legno. Simone mi porge un ramo biforcuto. – E comunque, – precisa, indicandosi la maglietta con il delfino. – Anche se lo vedi scritto cosí, il mio nome si pronuncia senza la «e». Mi chiamo *Simòn*, con l'accento sulla «o». Nome francese.

Mi guarda di nuovo con il suo mezzo sorrisetto, come se dovessi aggiungere qualcosa. Forse si aspetta che mi complimenti con lui, o che magari gli chieda perché ha un nome francese. Non me ne importa nulla. Non mi è simpatico. Lui e il suo cane gigantesco hanno mandato all'aria la mia fuga, e l'unico motivo per cui non gliele ho ancora cantate è che ho bisogno che mi porti fuori da qui.

In qualche modo riusciamo a uscire dalla boscaglia. La stampella di fortuna mi aiuta a non appoggiare il piede, che lascio penzolare dalla gamba come un peso morto. Davanti a me, Simone si prende la briga di aprirmi un passaggio tra i rami e mi offre un sostegno ogni volta che procedo a saltelli. Non si sarebbe detto che fosse cosí forte. Quando arriviamo sulla strada, tiro un sospiro di sollievo. Mi sembra di essere uscito da un brutto sogno. Ma il piede sta lí a dire che è tutto vero, e anche Simone, che adesso, alla luce del lampione, sembra piú grande. Non vedo traccia dell'Uomo Verde. Magari l'ha sbranato il cane.

– Che fine ha fatto il tuo cane?

– Credo che sia ancora in giro. A Oddi piace andare a spasso.

– È proibito lasciare i cani liberi!

– Non fa male a nessuno.

Mi brontola lo stomaco. Per reggere l'alibi inventato da questo Simone, adesso sarò costretto a fingere di avere già cenato a casa sua. La cosa mi mette ancor piú di malumore. Ormai non mi importa neanche che sia venuto a salvarmi nel bosco. Anzi, non me ne ricordo piú.

A Dandelion troviamo l'Allegra Famiglia seduta a tavola sotto il portico, come se niente fosse. Ridono e scherzano tra di loro e prendono in giro mia sorella perché non sa come tagliare la torta in parti uguali.

– Ah, ecco Simone con Dario, – nota mia mamma distrattamente. Quindi anche lei lo conosce, e le sembra del tutto normale vederci insieme. – Avete già mangiato? Volete una fetta di torta gelato?

Simone le sorride. Si becca anche la torta gelato come premio, adesso! Se il suo cane non mi avesse inseguito, non mi sarei mai fatto male nel bosco. Se non avesse raccontato che rimanevo da lui per cena, si sarebbero tutti preoccupati per me e rivedendomi ora mi farebbero mille feste. Ha mandato all'aria tutti i miei piani, e adesso ci guadagna anche un pezzo di torta gelato. Non so cosa mi prende, il fastidio mi pizzica il naso come un'aranciata troppo gassata, e prima di dare a Simone il tempo di rispondere me ne esco dicendo: – No grazie, mamma, abbiamo già mangiato il dolce poco fa, a casa sua. E poi Simone deve rientrare subito, ha promesso ai suoi genitori che mi avrebbe solo accompagnato fin qui, visto che *mi sono fatto male*.

A questo punto si accorgono che zoppico. Ognuno se ne esce con il proprio rimedio: metti il piede sotto l'acqua fredda, avvolgilo nel ghiaccio, fai un impacco di piantaggine, stai disteso, conta fino a quindici...

Simone mi guarda senza espressione. L'ho spiazzato. Non si aspettava che lo liquidassi cosí. Peggio per lui.

Saluta i miei con un cenno, mi volta la schiena e si dirige verso il cancello a passi lunghi.

– Simone! – lo chiamo.

Non si gira. Infila il cancello e scompare.

Un po' mi fa pena.

Capitolo sesto

Passa qualche giorno, e mi faccio molto piú pena io. Mi hanno fasciato il piede con qualche chilo di garza e non entra piú in nessuna scarpa, nemmeno nei sandali. Sembra che io abbia addosso un doposci. Hanno detto che devo stare immobile e sono bloccato sul divano. Questo vuol dire che non ho nessuna possibilità di inseguire Laura quando mi prende in giro, né di sfuggire ai Lavoretti: sbaccello fagioli, affetto il melone per la macedonia e tolgo centoventotto peli di gatto dal cuscino. Non vedo l'ora di guarire.

Passo le giornate a fare gli esercizi di violoncello: devo studiare i *Tre pezzi facili* di Hindemith. Per fortuna che si chiamano *facili*! Mi chiedo se riuscirò mai a impararli. Mi piacerebbe un giorno suonarli insieme a un pianista: il violoncello da solo mi sembra che non abbia senso. O forse è come lo suono io che non ha senso. Davanti a me, la faccia di Johann Sebastian Bach mi osserva dall'adesivo attaccato sulla custodia del violoncello. Cosa fai, Johann, mi controlli? Ti sembra che io non suoni abbastanza forte? Hai ragione, ma fa troppo caldo. Le mani mi sudano e l'archetto scivola tra le dita.

E dire che il fiume è cosí vicino... tutta quell'acqua, e non si può neanche fare il bagno. Da non credere.

Ogni tanto ripenso alla storia della lapide. Non ne ho parlato con nessuno. D'altra parte, chi mi ascolterebbe qui? Con le Due Elle è impossibile fare un discorso serio, e comunque alle femmine non interessano queste storie. E i grandi, figurati: troppo impegnati a cucinare creativamente o a seguire le tracce di Martina. E se la storia del ragazzo e del pesce siluro è stata solo un'invenzione di Simone? Magari non c'è nessuna lapide, ma solo una pietra levigata. Mi piacerebbe andare a controllare, appena riesco a camminare meglio. Potrei chiedere a Simone di venire con me... se solo non lo avessi trattato in quel modo. Sicuramente è ancora offeso per la faccenda della torta gelato. Non l'ho piú visto, dopo quella sera.

Non preoccuparti, Johann Sebastian, non mi sente nessuno anche se suono cosí. Ci siamo solo io e te a Dandelion: gli altri sono usciti tutti un'ora fa. L'Allegra Famiglia è andata a fare una passeggiata.

– Dario, mi raccomando, – mi ha detto la mamma prima di uscire, guardandomi fisso negli occhi.

– Non aprire a nessuno, eh! – ha detto zia Magda. – E non uscire in giardino. Se hai bisogno di qualcosa, fatti sentire con i vicini. La mamma di Simone ha detto che oggi è a casa e puoi chiamarla in qualunque momento. Questo è il suo numero.

Laura e Linda si sono scambiate una risatina e si sono dette qualcosa che le ha fatte ridere ancora di piú.

La mamma le ha ignorate e ha ripetuto: – Mi *rac-co-man-do*, – questa volta sillabando la parola. Non so cosa intendesse. Chissà cosa immagina che io possa combinare, di certo qualcosa di terribile a giudicare dal suo sguardo.

In realtà il piede non mi fa piú male. Non ho detto nulla perché non avevo voglia di andare a passeggio con gli altri, ma quando lo appoggio sento solo il fastidio della fasciatura, niente di piú. Zampetto dal divano fino alla portafinestra aperta sul retro... e da lí vedo la casa di Simone.

Quello che nei miei ricordi era un fienile diroccato ora è una casetta con gli scuri intagliati e i vasi di gerani sui davanzali. Neppure il giardino è piú lo stesso: la foresta di erba in cui ero affondato da piccolo è stata tagliata, però il prato è comunque piú spettinato del giardino della zia e ci sono ancora le ortiche. In mezzo al prato c'è un dondolo con accanto un ombrellone e un barbecue. L'unica cosa rimasta uguale in questi anni è la rete di ferro che divide i due giardini: in parte è ricoperta da una specie di siepe, ma è ancora rotta alla base e si potrebbe tranquillamente sollevare per passare dall'altra parte. Chissà cosa fa Simone.

Se trovassi il modo di non inzaccherare di erba e terra la fasciatura, mi farei quattro passi in giardino. Potrei costruirmi una specie di sandalo con uno dei vassoi di cartone che la zia usa per le torte. Apro un po' di cassetti e di sportelli a caso, ma invece del vassoio trovo un autentico tesoro: un giradischi! Uno di quei vecchi piatti rotanti che si usavano una volta per ascoltare la musica con i dischi di vinile. E c'è già un disco su: sono le *Suites per violoncello* di Johann Sebastian Bach. Buon vecchio Johann, sarai contento! Accendo l'apparecchio, posiziono il disco, abbasso la puntina... e la voce di un violoncello sublime attraversa il tempo e lo spazio intorno a me. Da brivido. Forse ci sono anche altri dischi. Esploro la libreria palmo a palmo, finché li trovo, in alto sul terzo ripiano. Una pila di vecchi dischi di vinile, di quelli neri grandi come una pizza. Da solo non ci arrivo. Avvicino una sedia, ci salgo sopra con il piede sinistro, perché il destro non sta sull'imbottitura. Mi sollevo sulla punta, tendo al massimo il braccio, traballo un poco, ma se mi appoggio con il ginocchio al cassetto forse riesco ad afferrare l'estremità di un...

Un rumore alle spalle mi colpisce come un gong, anche se definirlo rumore è un regalo: sembra che il vento abbia messo le zampe e sudi dalla bocca. Non faccio in tempo a voltarmi, succede tutto all'improvviso, qualcosa urta violentemente la sedia su cui sono in bilico, cade la sedia, cado io, cade il ripiano a cui mi sono stupidamente aggrappato, tirandosi dietro tutta la pila di dischi. Crollo rovinosamente sul pavimento, seguito a ruota dalla sedia e dai dischi. E non è ancora il peggio, perché subito dopo mi cade addosso qualcos'altro. È enorme, grosso, pesante, caldo, mi schiaccia le costole e ansima sulla mia faccia gocciolando saliva. Sono troppo impegnato a non soffocare, con questo mostro peloso piantato sul petto, per chiedermi cosa sia successo, quando una voce in lontananza mi spiega quello che non sono ancora riuscito a mettere a fuoco: – Oddiiiii!

È Simone. È Oddi. È il cane di Simone che mi sta schiacciando le costole e mi lecca la faccia con la lingua scivolosa che sa di bocconcini marci. Che schifo. Tossisco e sputacchio, cerco di allontanarlo, ma questo cane è maledettamente pesante e ha deciso di farsi un nuovo amico.

Finalmente il legittimo proprietario raggiunge la portafinestra. – Oddi! Qui, subito!

Il mostro mi schiaccia il petto un'ultima volta e balza via. Ora posso riprendere contatto con le varie parti del corpo e controllare che siano tutte in attività. Rimango sdraiato, godendo dell'ossigeno a disposizione.

– Ciao. Cosa fai lí per terra?

Per *terrrra*. È proprio Simone, anche se ha una vocetta sottile, da bimbo. L'altra volta me n'ero accorto appena, aveva parlato sempre sussurrando. Comunque non gli rispondo. Troppo impegnato a respirare.

– Dormi?

È impossibile che non abbia sentito il trambusto causato dal suo cane. E anche da lí dov'è, sulla soglia della portafinestra, dovrebbe cogliere che la scena non è quella di un riposino pomeridiano. Mi ostino a non rispondergli. Passo in rassegna le ginocchia: presenti. I piedi: presenti. Le spalle: presenti...

– Ti sei fatto male un'altra volta?

Questo è troppo.

– Non *mi sono* fatto male, – gracchio. – È il *tuo cane* che mi ha fatto male! Lo denuncio. Tentato omicidio.

Simone ridacchia e non fa niente per nasconderlo.

– Cosa ci sarebbe di cosí divertente?

– Il tuo piede...

Sollevo la gamba destra. Cadendo dalla sedia ho infilato il piede nel cassetto rimasto aperto, rovesciandolo con tutto il suo contenuto: fiammiferi. C'è una foresta di fiammiferi incastrati nella garza della mia fasciatura. Sembro un istrice albino.

Per fortuna non mi sono fatto male, tranne un paio di botte al fondoschiena. Mi alzo a sedere, e Oddi ritiene che sia terminato il suo periodo d'obbedienza perché con quattro zampate si riavvicina e ricomincia ad alitarmi in faccia.

– Per favore, digli di togliersi di mezzo! – esclamo tappandomi il naso. – O almeno insegnagli a lavarsi i denti!

Ci mettiamo a ridere tutti e due. Va bene, lo ammetto: nonostante il cane e il volo dalla sedia, sono contento di rivedere Simone.

– Eri tu che suonavi, prima?

– Magari! Se fossi capace di suonare le *Suites* sarei un genio. Ho trovato un giradischi, di quelli che si usavano con i dischi di vinile. Vedi? Si appoggia il disco qui e poi si abbassa il braccio con la puntina. Ho trovato anche un mucchio di dischi. Credo che fossero di mio nonno. Io non l'ho mai conosciuto, ma dicono che fosse un grande appassionato di musica.

Simone è incuriosito dai vinili. Vuole sapere che tipo di musiche sono, chi le ha fatte, e che strumenti suonano.

– Ma quello è tuo? – mi chiede, indicando il violoncello.

Johann Sebastian sembra sorridergli dalla custodia. Quando gli dico di sí, vuole a tutti i costi sentirmi suonare. Un po' mi vergogno e un po' mi fa piacere che me lo chieda. A casa mia devo sempre rincantucciarmi in camera con due porte chiuse, perché a mia sorella Laura dà fastidio quando ripeto cinquanta volte le stesse note. Suono a Simone il primo dei *Tre pezzi facili*. Lo faccio meglio che posso.

Simone è impressionato, vuole sentirlo ancora, e poi ancora. Mentre suono, osserva come tengo le mani, dove metto le dita, e studia il movimento del braccio e dell'archetto. Poi vuole sapere quando ho cominciato, e se è difficile, e dove ho imparato. Gli spiego che sto ancora studiando e che è stato mio papà a insistere per iscrivermi a violoncello, perché gli sembrava che fossi portato per suonare uno strumento. – Quando ero piccolo mi faceva sempre ascoltare i suoi dischi di musica classica. Dice che mi mettevo in piedi sul divano e dirigevo la musica muovendo le braccia, la testa e il sedere, come un vero direttore d'orchestra!

Simone sta ad ascoltarmi e mi fa mille altre domande sul violoncello, e mi ritrovo a dirgli cose che non ho mai detto a nessuno. Tipo che il mio sogno segreto è di poter suonare un giorno in un gruppo i *Concerti brandeburghesi* di Bach. Mi piace tantissimo suonare insieme ad altri strumenti. Mi sembra di riuscire a parlare una lingua segreta, e di dire cose che le parole non possono dire.

Simone mi ascolta per un pezzo, senza interrompermi mai, poi cambia discorso all'improvviso. – Sei già stato al fiume?

– Ti pare? Sono giorni che non esco per colpa della caviglia. E tu?

– Ci vado ogni giorno. Ho un posto segreto, per pescare. Voglio prendere un pesce siluro, – mi confida, con aria da cospiratore. Mette la mano in una delle tante tasche che ha nei pantaloni e tira fuori un pezzo di carta stropicciato. – Guarda qua.

Lo liscia per bene con entrambe le mani. È un ritaglio di giornale dell'anno scorso: dice che in Kazakistan un pescatore ha preso un pesce siluro lungo tre metri. C'è anche la foto. Non si vede molto bene perché è in bianco e nero e un po' sgranata, ma è sufficiente per dare un'idea della dimensione. Tre metri sono *tanti*! È abbastanza impressionante.

– Non siamo molto vicini al Kazakistan, – osservo.

Di colpo, cambia espressione. Mi guarda scocciato. Scuote la testa e mi strappa il ritaglio dalle mani. – Sí, certo. Come non detto. Ci vediamo, ciao. Oddi, *allez*!

Il cane scatta in piedi e lo precede fuori dalla portafinestra. Non faccio in tempo ad alzarmi dal divano che sono già usciti tutti e due, e anche già passati dall'altra parte del varco nella rete.

Ci risiamo. Si è offeso di nuovo.

Saltello fino al margine dell'erba, e poi anche oltre. Al diavolo la fasciatura.

– Torna qui, dài. Simone! Non posso seguirti, torna indietro!

Si fermano tutti e due in mezzo alle ortiche. Ma continuano a voltarmi la schiena.

– E quindi? Cosa dicevi riguardo al Kazakistan?

– Che è lontano... Non tanto lontano. Invece sí, è lontano il Kazakistan, però non vuol dire niente, dài, magari i siluri di tre metri ci sono anche qui, chi può dirlo.

Gira la testa e mi guarda con la coda degli occhi. Gli occhi di Simone hanno proprio la coda, come i pesci. E fanno lampi verdi. Ma sta sorridendo di nuovo. – Si va al fiume insieme domani?

Sto per dire che ho il piede fasciato, ma non ne vale la pena. Non mi fa piú male. Domani toglierò la fasciatura e non vedo l'ora di uscire di casa con qualcuno che non sia l'Allegra Famiglia.

– D’accordo?
– D’accordo.

Speriamo che i dischi non si siano rotti. Rimetto tutto a posto, prima che gli altri tornino dalla passeggiata. Facendo molta attenzione a non cadere di nuovo dalla sedia, infilo i dischi sullo scaffale. Mentre li impilo uno sull’altro, in mezzo ci trovo un libro. Veramente non è proprio un libro. Ha la costina un po’ consumata e una scritta dorata in rilievo: *Album di Famiglia*. Sicuramente sono foto.

Sento il cancello elettrico che si muove: stanno rientrando. Senza pensarci troppo, infilo l’album di foto sotto i cuscini del divano e mi ci stendo sopra, indossando l’espressione sofferente di chi è stato abbandonato in solitudine per tutto il pomeriggio.

Capitolo settimo

La giornata comincia male.

Ho pensato di alzarmi presto, in modo da occupare il bagno per primo, fare colazione al volo e passare a chiamare Simone per andare al fiume prima che faccia troppo caldo. Ma quando raggiungo la porta del bagno, qualcosa mi suggerisce che non è il caso di entrare subito: Martina si sta esibendo in uno dei suoi numeri migliori, il Ballo del Pannolino. Papà la tiene per le gambe, mentre lei si divincola in tutti i modi come un'anguilla rosa. D'un tratto, Martina afferra il sacchetto con i pannolini da buttare e lo lancia sulla testa di papà. Papà lo schiva per un pelo, ma il sacchetto piomba sulla mensola dei profumi della zia, provocando una serie di schianti a domino. Mia sorella ha un futuro assicurato come giocatrice di bowling. Le boccette di profumo atterrano nella vasca con un rumore di vetri rotti, e un effluvio indefinibile si sprigiona dal bagno come un fantasma assetato di vendetta. Decido di ripassare tra un po' e scendo a rimediare la colazione.

In cucina la mamma e la zia, in vestaglia e prendisole, si sono lanciate nell'imitazione mal riuscita di una tombola natalizia. La mamma legge gli ingredienti di una ricetta, spuntando una voce dopo l'altra man mano che la zia Magda, volteggiando per la stanza, apre gli sportelli e trova il numero fortunato.

– Cinque uova.

– Ci sono!

– Tre etti di farina.

– Esatti!

– Un etto di burro.

– In frigo!

– Cosa c'è di colazione? – Questo sono io.

– Mezzo litro di latte.

– Trovato!

Non rispondeva a me, con il latte. Stava continuando la tombola.

– Uvette.

– Terzo cassetto!

– Bustina di lievito.

– Lievito?

– Cosa c'è di colazione?

– Non ho il lievito.

– Magda, non puoi fare il pane alle fragole senza metterci il lievito.

– Cosa c'è di colazione?

– Oh, accidenti. Che ore sono? Non è troppo presto, vero? Dario, già che ci sei: vai dai vicini e chiedi alla mamma di Simone se ha una bustina di lievito da darti.

Sospiro. Ecco il primo Lavoretto del giorno.

Afferro un pezzo di pan biscotto e vado dai vicini. Non ho protestato solo perché mi è comodo passare da loro, cosí posso mettermi d'accordo con Simone. Non uso il varco nella rete del giardino, per evitare che Oddi mi prenda per un ladro e mi riduca in spezzatino. Faccio il giro all'esterno della casa e suono al loro cancello, che però è aperto. Oddi non si vede, allora vado direttamente alla porta. Mi viene ad aprire Simone.

Non ha l'aria molto in forma, forse ha dormito poco. Appena mi vede, sguscia fuori dalla porta e la accosta dietro di sé, come se non volesse farmi guardare dentro.

– Sei già pronto? – C'è una punta d'ansia nella sua voce.

– No, per niente. Mi hanno spedito a chiedervi una bustina di lievito.

– Simone? – Una voce di donna dal tono lievemente agitato lo chiama dall'interno. – Chi è, Simone? Non mi dire che è *tuo padre*!

Simone mi guarda imbarazzato. Un treno di pensieri gli attraversa le stazioni cerebrali, ma va troppo veloce perché io possa salire a bordo.

Prima che risponda, sua mamma spalanca la porta alle sue spalle con un gesto furioso.

– Vattene al diav...

Mi vede, e si morde il labbro. La vedo, e rimango a bocca aperta.

La mamma di Simone non è bella. È superlativa. È alta e mora e... morbida. Ha i capelli legati in una coda alta che ricade in onde, gli occhi verdi come quelli di Simone ma con le ciglia lunghissime, e le labbra rosso ciliegia senza neanche il rossetto. Tanto Simone è spettinato e trasandato, tanto sua mamma è soffice ed elegante. Quando si muove, sembra che l'aria le danzi intorno. Assomiglia a quell'attrice spagnola, non mi ricordo il nome, Penelope Qualchecosa. Solo che le manca qualcosa, rispetto alla Qualchecosa. È bellissima, ma le manca... non so. È come se avesse l'ombra al posto della luce.

Vedendo che non sono chi si aspettava, le sue sopracciglia perfettamente disegnate si rilassano, inclina la testa di lato e mi sorride. Avvampo.

– Oh, scusa tesoro. Pensavo che... Non sapevo che fossi tu. Sei il nipote di Magda, vero? Entra pure, hai bisogno di qualcosa?

Mi sento tremendamente goffo. Inciampo sullo scalino e finisco addosso a Simone, che non si è mosso dalla porta e non sembra intenzionato a farmi entrare.

– Hanno bisogno di una bustina di lievito, – dice rivolto a sua mamma.

– Te la porto subito.

Mentre Penelope cerca nei cassetti di cucina, io e lui rimaniamo sulla porta uno di fronte all'altro, a guardarci in silenzio. Si direbbe che stia facendo un carotaggio dei miei pensieri, come se volesse capire se sto pensando una certa cosa oppure no. La verità è che non sto pensando proprio niente.

Improvvisamente fa dietro front, scompare un attimo in cucina e riappare con la bustina di lievito. – Ecco qui. Ci vediamo tra mezz'ora alla Madonnina, prima del ponte, d'accordo?

Annuisco e ci manca poco che mi richiuda la porta in faccia.

In cucina è ripresa la danza delle ricette. Mi precipito in bagno, sperando che sia stato arieggiato e non ci siano piú nella vasca i resti dei profumi della zia.

Non ho modo di controllare: quando abbasso la maniglia trovo la porta chiusa. Da dentro la voce di Laura sbraita: – Che vuoi? Non vedi che è occupato!

Vado a farmi un giro. Quando ripasso, la porta è ancora chiusa. Questa volta è mia cugina Linda. – Dario, non rompere! Aspetta il tuo turno!

Mi siedo sul primo scalino. Sempre la stessa

storia: nella nostra famiglia le femmine hanno la precedenza. E se si conta che è praticamente una famiglia di femmine, forse si può capire perché mi sento cosí desolato, a volte. Se almeno Martina fosse stata un maschio...

Passa un'eternità. Linda esce e la squadro da capo a piedi. – Non capisco cosa facciate voi femmine tutto quel tempo in bagno. Sei tale e quale a quando ti sei appena svegliata. Hai anche le occhiaie.

Mi mostra la lingua con una smorfia.

Ho detto a Simone che sarei andato al fiume con lui, ma non sono sicuro che mi lascino uscire senza fare storie.

Mi affaccio in cucina velocemente. La mamma è concentrata a sbattere le uova con lo zucchero, seguendo contemporaneamente la lettura del libro di ricette che tiene aperto sulle ginocchia.

– Io esco. Ho appuntamento con Simone.

La mamma non alza gli occhi dal libro, dice solo: – Sí sí, – e poi, rivolta alla zia: – Simone è *veramente* adorabile.

La zia risponde qualcosa che non capisco perché in quel momento le mie sorelle fanno ingresso in cucina una in braccio all'altra, e la piú piccola sta piangendo a pieni polmoni. Me la squaglio prima di ricevere un altro Lavoretto.

Chiudendo la porta, sento la voce stupita di mia sorella Laura che chiede: – Un appuntamento con Simone? Lui?

Capitolo ottavo

La Madonnina è una piccola costruzione in pietra ricoperta di edera, all'incrocio tra la strada principale e quella dell'argine, subito prima del ponte di barche. In una finestrella c'è il dipinto di una Madonna, che da qualche secolo sorride a tre angioletti carichi di fiori. Davanti al dipinto c'è un lumino con un vasetto di fiori, questa volta veri, di un colore giallo brillante, tondi come piccoli soli.

Mi guardo intorno: Simone non è ancora arrivato.

Sono lí che giocherello con i fiori della Madonnina, quando un rumore improvviso mi fa sobbalzare. Nel pioppeto che costeggia la strada qualcuno si sposta da un albero all'altro, con brevi movimenti scattanti. Resisto alla tentazione di mettermi a correre. Magari è Oddi o magari un altro cane. Mantengo la calma, faccio finta di allacciarmi una scarpa e scandaglio il pioppeto con la coda dell'occhio. All'inizio non c'è nulla, poi lo vedo. L'Uomo Verde. Il tizio che era al ponte il giorno in cui siamo arrivati e che ha deviato la mia corsa quando Oddi mi inseguiva. Mi sta osservando mimetizzato tra le piante.

Sento che i suoi occhi seguono qualsiasi movimento io faccia. Quando arriva Simone e scendiamo verso il fiume, l'uomo si ferma come un'ombra verde dietro la Madonnina.

Simone mi fa scendere in mezzo al canneto che ricopre la scarpata dell'argine. È piacevole stare nel canneto. Dà la sensazione di essere riparati da tutto e circondati da piccole vite brulicanti. Poco piú avanti le canne entrano in acqua, sprofondando una alla volta con eleganza, come una sfilata di modelle.

Simone si sfila lo zaino dalla schiena. – Mettiti questi. Spero che siano della tua misura –. Ha portato due paia di stivali di gomma, lunghi fino al ginocchio. – Voglio farti vedere il mio posto speciale. Un posto da siluri.

Camminare con gli stivali non è facilissimo.

Sono almeno due numeri di troppo, e poi Simone non segue il sentiero ma mi fa fare un percorso in mezzo a canne, fango e tratti di sabbia paludosa.

– Dobbiamo camminare in golena, perché dall'argine è difficile arrivarci.

Ora infatti tra noi e l'argine c'è un boschetto

di pioppi molto fitto, e piú in là di nuovo canne nella sabbia. Dopo averle attraversate, sbuchiamo in un'ansa del fiume, dove la sabbia ha formato una piccola spiaggia riparata.

– Qui la riva è franata, vedi? – Simone indica il margine della spiaggia. Non declina in acqua gradualmente, ma forma uno scalino, oltre il quale la sabbia sprofonda nel verde lattiginoso del fiume. Simone sussurra: – Questo è un canale secondario. Qui si congiunge con il fiume e lí sotto l'acqua fa una conca abbastanza profonda. È il posto ideale per un pesce siluro.

È fissato con questa storia del pesce. Gli do corda. Non ho mica voglia che si offenda di nuovo. E poi tutto sommato potrebbe essere divertente giocare ai pescatori e immaginare che nel torbido del canale si aggiri un pesce siluro, e che noi siamo lí per scovarlo.

– E come pensi di prenderlo? A mani nude?

Non risponde immediatamente. Non lo fa mai. Si prende sempre un tempo di reazione, come se valutasse ogni parola che sta per dire. Indica un mucchio di rami e dice solo: – Lí dentro ho tutto.

I rami nascondono una specie di casotto di metallo vecchio e arrugginito. Sembra uno di quei rimorchi per trasportare gli animali, ma è molto piú basso e non ha piú le ruote. È sprofondato nella terra asciutta, perfettamente mimetizzato nell'ambiente, come se si trovasse lí da secoli. Simone apre uno sportello, sparisce dentro il casotto e ne riemerge con una lenza, un secchio e tutta una serie di altri oggetti per la pesca che manovra con mani da esperto.

– Io non ho mai tenuto in mano una canna da pesca, – preciso. Non vorrei che si facesse delle illusioni.

– Infatti tu metterai questi, – dice, e mi allunga un paio di grossi guanti. – Il siluro abbocca al largo. Se riusciamo a prenderne uno, io lo trascino fino a riva e tu lo prendi per la bocca.

– Per la bocca?

Annuisce. – E stai attento a non cadere in acqua.

È una fortuna che il Kazakistan non sia tanto vicino. L'idea di afferrare un pesce per la mandibola, con il rischio che mi trascini dentro a un fiume pieno di ratti e di sostanze tossiche, è una prospettiva abbastanza spiacevole. Ovviamente so che stiamo solo giocando, non mi lascio suggestionare. Simone invece ci crede davvero. Gli manca un po' il senso della realtà. Ma ho capito che non vuole essere contraddetto. È come se fosse un sonnambulo: non bisogna svegliarlo dal suo sogno. Allora sto al gioco.

– Tu pensi di riuscire a trascinare a riva un siluro di tre metri? E pensi che io sia in grado di sollevare due quintali di pesce?

Mi guarda con compatimento, come se gli

avessi appena detto che Babbo Natale è ingrassato e non riuscirà a passare dal camino. Non lo sopporto, quando mi guarda cosí.

– Il Kazakistan è lontano, ma i siluri no. Ci sono anche qui. Forse non misurano tre metri, ma sono sempre siluri. Passami quel secchio.

Nel secchio ci sono dei vermi di fiume. Simone ne prende una manciata e li fissa all'amo. Sono affascinato e disgustato nello stesso tempo, non riesco a staccare gli occhi dai vermi che si contorcono come minuscole budella. Spero che non mi chieda di aiutarlo a prenderne altri.

– Spostati.

Mi faccio un po' in là e Simone lancia. La lenza parte con uno schiocco e un sibilo sottile sopra le nostre teste, sopra le canne, sopra l'acqua quasi immobile del canale. E poi, silenzio.

– E adesso?

– Adesso cosa?

– Adesso cosa facciamo?

– Aspettiamo. È questo il bello della pesca.

Il tempo scorre lento come l'acqua del canale. Simone ha fissato la canna nella sabbia con l'aiuto di qualche pietra. Ci siamo tolti gli stivali e ce ne stiamo seduti con gli occhi sulla corrente, tenendoci le ginocchia. Piú in là, il fiume sfila pigro e indifferente, abbracciato ai suoi pesci.

– È davvero pericoloso nuotare nel fiume? È inquinato proprio dappertutto?

– Piú o meno. Qui sul canale l'acqua dovrebbe essere piú pulita, ma non mi fiderei. Un posto molto bello per nuotare sarebbe la Lanca della Maga, però sta sull'altra riva del fiume. Per arrivarci bisogna attraversare il ponte e anche il bosco. Possibilmente senza rimanere incastrati sotto un tronco.

– Molto spiritoso. Ci andiamo? Sto morendo di caldo.

Simone ignora la mia proposta. – Sai perché si chiama Lanca della Maga? Sta' a sentire. Una volta, da quel lato il fiume faceva una curva molto piú larga, arrivava addirittura oltre il bosco che c'è adesso. Ti parlo di tanto tempo fa, prima che costruissero il ponte di barche. Per andare da una riva all'altra c'era un tizio che traghettava la gente su e giú, tutto il giorno. Praticamente viveva sul fiume. Un giorno, sulla riva da questo lato arriva una ragazza mai vista, senza bagaglio e senza animali, che era una cosa strana per qualcuno che è in viaggio. La ragazza si mise a sedere su un sasso e non chiese niente al traghettatore, né di salire a bordo, né un'informazione sulle strade. Se ne stava lí e si limitava a guardarlo e a pettinarsi i capelli. Il traghettatore era incuriosito, e ogni volta che attraccava a questa riva per far salire qualcuno la guardava e le sorrideva. E ogni volta che attraccava alla riva opposta si girava, per controllare se la ragazza fosse ancora lí. E lei, sempre con il pettine in una mano e uno specchio nell'altra, si lisciava i capelli e lo fissava. Finché venne sera e per il traghettatore era il momento di lasciare il fiume, perché di notte nessuno veniva a chiedere di passare. Però gli sembrava strano andarsene lasciando la ragazza là. Allora le chiese se avesse bisogno di un passaggio. Per tutta risposta la ragazza salí a bordo e il traghettatore iniziò la traversata, anche se ormai era notte e non si vedeva piú niente, e il fiume era diventato nero come la pece. Ma quando arrivarono dall'altra parte e il traghettatore allungò il braccio per aiutare la ragazza a scendere, brancolò nel buio: la ragazza era sparita. Al suo posto c'era solo lo specchio. Non sapendo cosa farne, il traghettatore lo gettò sulla riva. E il giorno dopo, in mezzo agli alberi, nel posto dove era caduto lo specchio, trovò una Lanca, una specie di piccolo stagno. Da allora la Lanca non si è mai asciugata, e anche se il letto del fiume è sempre piú basso e la sua acqua è sempre piú sporca, nella Lanca l'acqua rimane fresca e pulita, come se fosse alimentata da una fonte sotterranea.

Non so quanto tempo ci abbia messo Simone a raccontarmi questa storia. Quello che so è che in tutto questo tempo, il tempo non è esistito. È come se me ne fossi andato da un'altra parte. Non so se sia stato il suono sussurrato della sua voce, o quello dell'acqua in sottofondo. Non mi sono piú accorto del sole, che ormai mi brucia sul petto, e nemmeno del caldo. Adesso ci metto un po' a riatterrare, ed è come scendere da una giostra abbagliante.

– Non sei mai stato a pesca?

– Macché. È una delle tante cose che mio papà mi aveva promesso di fare insieme, ma da quando è nata mia sorella si è completamente dedicato a lei.

– Però sei fortunato ad avere delle sorelle. Anche a me piacerebbe.

– Sei matto? Dici cosí perché non le conosci. Ti rendi conto che vivo in una famiglia di femmine? Le Due Elle...

– Le Due Elle! – Simone sorride. – Buffo. Sai che in francese due *elles* vorrebbe dire «due lei»? Due lei, cioè due femmine.

– Allora ci sta bene. Sono le due femmine piú femmine che abbia mai conosciuto. E non ne posso piú di tutte queste femmine! Beato te che non sai cosa significa. Le femmine sono insopportabili.

– Perché?

– Dovresti provare l'esperienza. Vuoi che ti faccia una lista? Le femmine sono... sono vanitose, egoiste, pettegole e dispettose. Non hanno senso dell'umorismo. Gli fa schifo qualunque cosa. È impossibile andarci d'accordo. Infatti mia sorella Laura va d'accordo solo con le sue amiche e con Linda. Martina per il momento è piccola, quindi è ancora simpatica. Ma se quando cresce diventa come le Due Elle, sono fritto. Comunque, quanto tempo ci vuole perché abbocchi qualcosa?

Simone mi risponde soprappensiero. – Bisogna avere pazienza. Bisogna saper guardare. Bisogna ascoltare l'acqua. Oppure puoi tuffarti e invitare il siluro a pranzo, se vuoi.

L'idea di tuffarmi non mi dispiacerebbe affatto. Il sole scalda già con una certa convinzione e anche a torso nudo si suda a rigagnoli. Simone invece non sembra soffrire il caldo: ha sempre addosso la sua maglietta larga con il delfino. Ripenso all'acqua fresca della Lanca. – Insomma, andiamo a nuotare?

Si morde il labbro. Stringe gli occhi verso il sole. E aggira la mia domanda. – Magari un'altra volta. Anche perché... Tu hai portato il costume?

– A dire il vero no. Pensavo di entrare in mutande, tanto ci siamo solo noi due. Tu ce l'hai?

Mi guarda con la coda affusolata dei suoi occhi verdi. Scuote la testa. – No, ma comunque non entrerei in acqua. Non so nuotare.

– Abiti vicino a un fiume e non sai nuotare?

– Anche tu abiti in città e mica sai guidare la macchina, cervellone.

Ha aggrottato le sopracciglia, già sulla difensiva. Non ho mai conosciuto qualcuno cosí permaloso.

– Però dovresti imparare. A me la macchina non interessa, tanto ci arriva comunque prima mia sorella, e immagino che ci sarà da litigare. Invece mi piacerebbe imparare ad andare in canoa. Dove stiamo noi c'è solo un parco con un laghetto, ma con un kayak o una canoa qualche giro si riuscirebbe a fare. Qui sul fiume deve essere il massimo.

– Io avrei una canoa –. Ha parlato cosí sottovoce che ho quasi l'impressione di essermelo immaginato.

– Cos'hai detto? Ho sentito bene? Tu hai una *canoa*?

Simone distoglie lo sguardo obliquo da me e lo lascia galleggiare sul canale. – Una canadese. Me l'ha regalata mio papà l'anno scorso, quando ho compiuto dodici anni. Ma è... non è... Non so se è mia.

– Se te l'ha regalata, vuol dire che è tua. Che storie sono.

– Me l'ha regalata, ma subito dopo mia mamma si è arrabbiata con lui –. Mentre parla, scava una buca nella sabbia con il tallone. – Gli ha urlato che non doveva spendere soldi in cianfrusaglie inutili, visto che dobbiamo ancora finire di pagare la casa, e che ha le mani bucate e che non si può mai far conto sul suo aiuto. Allora lui ha detto che non aveva speso un centesimo per la canoa, perché l'aveva vinta a una scommessa. E lí mia mamma si è arrabbiata ancora di piú, gli ha detto che è un buono a niente avanzo di galera e via di seguito con tutto il repertorio.

Il piede di Simone adesso è tutto affondato nella sabbia umida e scura. Il resto dello scavo è sparpagliato nervosamente qua e là.

– Litigano?

– Abbastanza. Spesso. Poi però fanno sempre pace, – conclude, guardandomi fisso negli occhi come per assicurarsi che gli creda.

– E la canoa?

– È finita in garage. Mia madre mi ha proibito di usarla, dice che è illegale vincere le cose alle scommesse. La chiama «il corpo del reato». Ma il vero motivo per cui non posso usarla è che una delle due pagaie è rotta: dopo la litigata con la mamma, papà l'ha lanciata contro il muro di casa e l'ha spezzata in du... Guarda! Dario, la canna, guarda!

La canna da pesca si muove. La punta, come un cipresso piegato dal vento, si incurva verso l'acqua del fiume con piccoli scatti rapidi. Simone balza in piedi, scalza le pietre che tengono bloccata la canna e la afferra con entrambe le mani piantando i talloni a fondo nella sabbia. Io mi infilo i guanti e striscio verso la riva, come se dovessi davvero accogliere la bocca a tagliola del siluro. Sono preda delle sue storie.

La lenza si tende verso la metà del fiume. Scandaglio la superficie con gli occhi, aspettandomi di adocchiare qualcosa a pelo d'acqua. A stento si intravede il punto in cui il filo affonda, non c'è altro.

– Dài, dài, dài *petit chouchou*... forza forza forza...

Forrrza. Simone è concentratissimo. Ha le guance paonazze e la fronte sudata. Continua a invitare il pesce con una vocina suadente ancora piú acuta del solito. – Su bello, non mollare! Su, vieni piú vicino... vieni piú vi...

C'è uno strappo. Simone si sbilancia all'indietro, lancia un breve urlo rabbioso e cade sulla schiena insieme alla canna. Rimane immobile.

Corro da lui. – Ehi, tutto bene?

Scatta in piedi come un elastico e me lo ritrovo occhi negli occhi. – Era lui, – sussurra. Mi prende per le spalle. – Hai visto? Era *lui*. Si è preso i vermi. Ci vuole un filo piú resistente. Tornerà. Torneremo anche noi.

Rimane a fissarmi, non so se aspetta una risposta. Ha gli occhi brillanti come il sole sul fiume e il suo alito sa di caramella.

Ho lasciato Simone giú al canale, ad aspettare che ripassasse il suo siluro. Detto per inciso, non credo proprio che fosse un siluro. Secondo me, non era neanche un pesce. Probabilmente l'amo si è impigliato in qualche roccia sommersa e si è strappato a forza di tirare. Ma non ho osato dirglielo: quando uno è cosí convinto dell'esistenza di qualcosa, significa che ha bisogno di crederci. E sapendo come se la prende facilmente, non ho nessuna intenzione di offenderlo di nuovo.

La vera notizia è che Simone ha una canoa! A pensarci mi sento brulicare le gambe. Se si riuscisse ad aggiustare la pagaia, potremmo provarla sul fiume!

Capitolo nono

Arrivo a Dandelion in tempo per il pranzo. Anzi, per i Lavoretti di pranzo. La mamma è di nuovo in cucina, si direbbe che non si sia mossa di lí dalla colazione.

– Mamma, hai mai sentito parlare di pesci sil...

– Dario, arrivi al momento giusto! – La mamma mi accoglie con un sorriso che non promette niente di buono. – Già che sei qui, dài una lavata al frullatore e mettici dentro le pere cotte di Martina.

Le pareti del frullatore sono cosparse da una sostanza sanguinolenta, che scivola lentamente verso il fondo come un esercito di minuscole lumache rosse e bavose. Ma dov'è mia sorella maggiore, in questi momenti?

– Cos'è questo? – chiedo, storcendo il naso e aspettandomi il peggio. Ha un odore selvaggio.

– Fegato di cinghiale. Frullato con pepe nero e cipolla, ci serve per l'*aspic du terroir*.

Aspic du terroir. Non so cosa significhi, ma

il nome ricorda *terrore* e non è un caso. Fisso la materia rossa e scivolosa. Ha un aspetto talmente disgustoso da essere quasi affascinante. Non tocco il frullatore.

– E Laura dov'è? – chiedo, con una punta di irritazione che non sfugge alla mamma.

Non le sfugge mai l'inizio di una polemica, cosí riesce a prevenirla lanciandosi all'attacco per prima. – Poche storie, ragazzino. Tua sorella ha già stirato le lenzuola, mentre tu non c'eri. E comunque non sta a te decidere cosa deve fare lei. Prendi quel frullatore e passaci la spugnetta col sapone.

In quella, la porta della cucina sbatte violentemente, in contemporanea con quella del salotto e subito seguita dalla porta delle scale. Un concerto di percussioni. Laura è apparsa in mezzo a noi. A occhio, non sembra venuta a offrirsi volontaria per qualche Lavoretto. Ha le narici dilatate e i capelli in disordine. Linda non è con lei, e tutto lascia supporre che sia l'autrice della seconda parte del concerto, quella delle porte sbattute fino in cima alle scale.

– Mamma! – strilla mia sorella. – Linda mi ha detto *stupida*!

Le quotazioni di mia cugina salgono di qualche punto: allora qualcosa capisce, almeno lei.

– Laura... – comincia mia mamma, alzando gli occhi al cielo.

Io non ho ancora sfiorato il frullatore. Finché c'è tempo c'è speranza.

– No! Non è giusto! Perché non le dici qualcosa? Dov'è la zia? Ziaaaa! Linda mi ha... – Si gira verso la porta, ma la porta è piú veloce di lei e le si spalanca sulla faccia. È Linda.

– Ti ho detto stupida perché *sei* una stupida! Solo una stupida può spalmare la crema abbronzante su un poster!

Uh uh. Mia cugina è furiosa. Ma mia sorella non è da meno. – La stupida sei tu! Chi ha lasciato il poster sotto l'amaca? Cosa pensavi di fare, di piantare Johnny Depp e fargli mettere radici? Un bell'albero di...

– Adesso basta! – irrompe la mamma. Non ama essere infastidita mentre fa da mangiare. – È mai possibile che qui c'è gente che si spacca la schiena per nutrirvi come Dio comanda e voi passate il vostro tempo a frignare per delle stupidaggini. Linda, smettila di urlarmi nelle orecchie e vai a cercare tua madre. Laura, prendi quel frullatore e lavalo per bene. Quanto a te, – e qui mia mamma punta un mestolo sporco di panna contro il mio naso, facendomi evaporare il sorriso di vittoria, – porta tua sorella piccola a lavarsi le mani, e poi a tavola!

Laura la fissa a bocca spalancata. – Mamma! Ma non è giusto! Non sono stata io a...

– Laura, stai zitta se ti riesce!

Esco di corsa, prima che mia sorella possa

riconquistare terreno. Occuparsi di Martina è mille volte meglio che pulire un frullatore insanguinato.

La trovo in giardino sul retro, che gioca insieme a papà vicino alla rete.

– Tua sorella è di un'intelligenza incredibile, – dice il papà. – Guarda, è già riuscita a capire come incastrare il filo di ferro per attaccare le losanghe della rete.

– Papà, hai mai sentito parlare del pesce siluro?

– Con un'intelligenza del genere, sono sicuro che da grande farà la scienziata. Forse l'astrofisica. Pesce siluro? Cos'è, una nuova ricetta di Cucina Creativa?

– Lascia perdere, non importa.

– Attenta, Martina! Le punte della rete sono arrugginite. Ha ragione zia Magda, questa rete va assolutamente fissata a terra. Martina potrebbe farsi male.

La rete! Se papà la aggiusta, non ci sarà piú passaggio verso casa di Simone.

– Non adesso papà, hanno bisogno di te in cucina, – mento. – La mamma sta preparando la *spiga del terrore* e c'è sangue dappertutto. Ha *molto* bisogno di te.

Papà solleva le sopracciglia, mi affida Martina e rientra in casa. Fatto! Il passaggio verso Simone è salvo, almeno per il momento. Nel frattempo, la futura astrofisica ha immerso le mani nel terriccio di una pianta di limoni e ha deciso di pranzare con quello...

Ci sono note maschio e note femmina. Le note femmina sono quelle che saltano su all'improvviso, capricciose, e che si fanno inseguire. Oppure quelle volubili, indecise. O quelle che si azzuffano e sembra quasi che si tirino i capelli, e poi tornano mielose a farsi i complimenti. Il terzo dei *Tre pezzi facili* è pieno di note femmina. Ho perfino l'impressione di sentirle litigare come le Due Elle.

Ho portato il violoncello in giardino, perché in casa c'è una confusione che non si sopporta. Le Due Elle, che non avevano aperto bocca durante tutto il pranzo se non per dire che l'*aspic du terroir* aveva un sapore orribile (detto per inciso, avevano ragione), hanno ricominciato a graffiare l'aria con le loro voci, come monete passate sul vetro. Martina si è svegliata e ha attaccato la sirena delle grandi occasioni. La mamma, che era appena riuscita ad addormentarla, ha aggiunto le sue urla alle altre e Johann Sebastian Bach mi ha scongiurato con gli occhi di portarlo via da lí. Quello che ha inventato le sorellastre di Cenerentola deve essere vissuto in una famiglia come la mia.

Suonare in giardino, però, non è molto comodo. Anche all'ombra fa troppo caldo e la maglietta mi si riempie di insetti. Mi prude dappertutto. Non so quanto resisterò. Dopo un po' che mi accanisco su un passaggio complicato, mi accorgo che dall'altra parte della rete, in pieno sole, Simone e Oddi stanno seduti ad ascoltarmi. Da quanto tempo sono lí?

– Ehi, ciao. Hai preso qualcosa poi?

Scuote la testa. Ha i capelli sempre piú spettinati, in mezzo alle ortiche sembra proprio un animale selvatico.

– Ti piace suonare all'aperto?

– Mica tanto. In verità, mi sto salvando da una famiglia di femmine.

– Aha, – commenta senza espressione. – Se passi da questa parte ti faccio vedere una cosa.

Dietro casa di Simone c'è il garage. L'abbiamo appena raggiunto, quando si sentono delle voci in giardino.

– Entra, presto! È meglio che non ci vedano.

– Che non ci veda chi?

Dentro è completamente buio. Venendo dalla luce esterna, quest'aria nera mi inghiotte il respiro. A tentoni ritrovo Simone, e mi chino accanto a lui per guardare attraverso le fessure della porta. Sul prato si sta svolgendo una scena da film. La mamma di Simone volteggia sull'erba con un vestito bianco che le arriva fino ai piedi. Accanto a lei c'è un uomo non molto alto, snello, abbronzato e muscoloso. Deve essere il papà di Simone. Lui la prende per la vita e le dice qualcosa all'orecchio, lei ride inclinando deliziosamente il collo all'indietro. I capelli le scivolano sulla spalla come un'onda morbida. Oggi è proprio precisa a quella Penelope Comesichiama. Lui la abbraccia e lei si divincola per sfuggirgli, ma si vede che fa per finta.

– Hai finito di fare il guardone? – Simone mi strappa alla visione con una gomitata nelle costole.

– Ma non avevi detto che litigano sempre?

– Spesso, non sempre. Hanno litigato ieri sera, questa è la fase della tregua. Se siamo fortunati, dura tutto il fine settimana. A meno che mio papà non decida di svelarle il nostro programma di domani. *Nostro*, – aggiunge, calcando le parole. – Cioè mio e tuo.

– Mio e tuo? Ah. Grazie di avermi avvisato. Non sapevo di avere programmi per domani. Dovrei consultare piú spesso la mia segretaria per tenermi aggiornato. Ti dispiacerebbe dirmi anche di cosa si tratta?

La mia ironia cade nel vuoto. Simone ignora la protesta a bella posta, e invece di rispondere mi prende per mano. – Seguimi.

Ha una mano cosí sottile... e ben piú fredda della mia. Però stringe come una morsa e mi costringe a camminare dietro a lui inciampando su oggetti che al buio non riesco a identificare. Quando arriviamo in fondo al garage, accende la sua torcia tascabile. Devo ricordarmi di chiedere una torcia cosí per Natale.

– Guarda lassú.

Punta la torcia verso l'alto e io sgrano gli occhi. A mezz'aria, appesa al soffitto con quattro cinghie di cuoio scuro, elegante e solenne come una divinità, campeggia la piú stupefacente, la piú incredibile, la piú strepitosa canoa che io abbia mai visto. È interamente in legno, e su entrambi i fianchi è intagliata e decorata con disegni di onde, o di pesci, non capisco bene da qui. Sembra che abbia la pelle. Sembra quasi *viva*. Mi ricorda il coccodrillo imbalsamato che ho visto una volta in una cattedrale: era legato al soffitto con delle catene e pendeva al centro della chiesa come se volasse. Solo che quel coccodrillo risultava piccolissimo, rispetto allo spazio della chiesa. Questa canoa invece occupa quasi tutta la lunghezza del garage.

– Bella, eh? – sussurra Simone. Anche lui la guarda rapito. – Ho parlato con mio papà. Ha detto che domani la tira giú e me la porta fino al posto segreto, sulla riva del canale. Cosí facciamo delle prove in acqua. Ti posso insegnare a usare la pagaia, e se poi riusciamo ad aggiustare l'altra...

– Tu sai andare in canoa? – Lo guardo incredulo.

– Certo. Quando stavamo in Canada ci andavo spesso. Mio papà faceva anche le gare, è

lui che mi ha insegnato. Andavamo giú per i fiumi... ma non fiumi come questo. Lí c'erano i fiumi con le rapide.

– Andavi giú per i fiumi senza saper nuotare?

Tace. È imbarazzato? Spegne la torcia. – Be'... avevo il salvagente. E poi papà mi legava a sé con un cavo, – spiega. Perché ho l'impressione che l'abbia detto troppo in fretta? – Comunque, mia mamma non deve assolutamente scoprire il nostro piano. Se viene a sapere che papà mi fa usare il «corpo del reato», è capace di dare in escandescenze.

– Come pensi di far uscire una canoa di cinque metri da qui senza che Penel... senza che tua mamma se ne accorga?

– Domani pomeriggio tua zia l'ha invitata a Dandelion per il caffè. L'importante è che non torni a casa troppo presto. E devi pensarci tu.

– Io?

Capitolo decimo

Non ero sicuro che avrebbe funzionato. Non ero nemmeno sicuro che mi avrebbero dato il permesso di andare in canoa. Qualche giorno fa avevo sentito zia Magda dire che non bisognava lasciare i ragazzi soli vicino al fiume. Figurati se avesse saputo dei nostri progetti con la canoa. Ho deciso di non dire nulla.

A pranzo, mentre eravamo tutti a tavola aspettando la zuppa di cipolle ai chiodi di garofano, Laura ha cominciato un discorso sospettoso. Lei e Linda dovevano aver fatto pace, perché erano di nuovo sedute vicine a parlottare come due criceti.

– Come mai passi cosí tanto tempo da Simone? – ha chiesto mia sorella, con aria ammiccante.

– Già. Cosa fate insieme? – ha incalzato Linda, e si sono messe a ridacchiare. Per un attimo ho temuto che le Due Elle sapessero della canoa. Possibile? O era una domanda di pura curiosità? Dovevo distrarle.

– Niente di speciale, – ho risposto, mentre inseguivo i chiodi di garofano che galleggiavano sulla zuppa. – Oggi pomeriggio facciamo lezione di francese. Simone sa benissimo il francese perché suo papà viene dal Canada, – aggiungo, sottolineando *Canada* con una certa importanza.

– Ohhhh! – hanno esclamato insieme le Due Elle con le mani sul cuore. – Lezioni di *français*! Che romantico! *Bisou bisou! Mon petit chou! Je t'aime beaucoup!*

Mandavano baci all'aria strizzando le labbra e sghignazzando come scimmie dispettose. C'era qualcosa che non capivo in questo teatrino.

Prima che potessi replicare, zia Magda ci ha interrotto: – A proposito, ho invitato la mamma di Simone a prendere il caffè da noi.

– Ohhhh! – hanno ripreso le Due Elle. – La mamma di Simone! E non verrà mica da sola, vero?

Sono avvampato. Avevano scoperto qualcosa? Non sono bravo a raccontare bugie. Dovevo trovare il modo per tagliare la corda prima che mi mettessero alle strette facendomi sfuggire qualcosa per sbaglio. Sono scattato in piedi e mi sono dato volontario per il patibolo, pur di togliermi di mezzo. – Sparecchio io, – ho detto. – E lavo anche i piatti.

Le Due Elle sono rimaste un attimo a bocca

aperta. Non se lo aspettavano. Ma hanno subito ripreso fiato:

– Sparecchia lui! – ha cinguettato Linda.

– Ma certo! Deve far vedere che è un bravo ometto! – le ha fatto eco Laura. E giú a starnazzare di nuovo. È intervenuta zia Magda:

– Ragazze! Se non volete lavare voi i piatti per tutta la prossima settimana, vi consiglio di smetterla immediatamente –. Gli sghignazzi si sono trasformati in una risatina soffocata. La minaccia dei Lavoretti funziona sempre.

– Dario, – ha concluso mia mamma, piazzando la ciliegina sulla torta. – Già che ci sei, puoi fare anche il caffè?

Trattenere Penelope a Dandelion non è stato difficile. Lei, mia mamma e zia Magda si sono messe a parlare di fritture, sciroppi e spezie, e non si sono mosse dal portico per tutto il tempo in cui ho lavato i piatti. Poi mi sono piazzato vicino a loro facendo finta di giocare con Martina. L'unico momento critico è stato quando si è sentito Oddi abbaiare. Penelope si è preoccupata. – Scusate, forse è meglio che torni a casa. Oddi non abbaia mai. Non vorrei che fosse successo qualcosa. Sapete, mio marito...

Eh sí, che stava succedendo qualcosa... ma era meglio che Penelope non lo sapesse.

Ho sollevato Martina dal prato con una prontezza sorprendente.

– Vado io! – ho proposto con tono rassicurante. – Cosí mostro Oddi a Martina che lo vuole conoscere. Vero Martina, vuoi conoscere il cane?

– Cane! – ha confermato Martina.

Ovviamente Oddi abbaiava perché la canoa stava attraversando il giardino su un carrello trainato da Simone e da suo padre.

Simone ha appoggiato il carrello e mi è corso incontro col fiatone. – Ce l'abbiamo fatta! Adesso la portiamo al canale. Ci vediamo al posto segreto tra mezz'ora. Ti lascio gli stivali vicino al canneto.

Sono tornato a Dandelion e ho rassicurato Penelope: a casa sua era tutto a posto. Nessun problema, proprio nessun problema.

Non ho capito se le Due Elle sospettino qualcosa. Quando ho aperto il cancello sono sbucate da dietro l'altalena. – *Au revoir, monsieur!* Salutaci il Canada! – mi hanno detto sogghignando.

Spero che non provino a seguirmi. Se scoprono che sto scendendo al fiume senza permesso sono guai. Conoscendole, mi ricatterebbero: sarebbero capaci di chiedere un mucchio di Lavoretti in cambio del loro silenzio.

Appena girato l'angolo del muro di cinta, ho la tentazione di mettermi a correre. Mi trattengo solo perché temo di dare nell'occhio. Metti che mi stiano spiando dal cancello. Cammino guardandomi continuamente alle spalle, per controllare se mi stanno seguendo di soppiatto. Anche se con le gambe riesco a trattenermi, il cuore mi batte in gola come una fila di petardi. Mi verrà il torcicollo a camminare cosí. Sono quasi arrivato al ponte. Ancora pochi passi e c'è l'argine. Mi volto a dare un ultimo sguardo... e vado a sbattere contro qualcosa. È cosí inaspettato che la mia prima reazione è di puntare avanti le braccia per spingere via l'ostacolo che ho colpito. Un braccio peloso mi restituisce la spinta e mi avvolge in una violenta puzza di sudore.

L'ostacolo è alto un metro e ottanta e ha la voce rauca. – Chi si vede. Non ti hanno insegnato a guardare dove metti i piedi? – È il tipo del Bar Sport, quello che mi ha cacciato dai videogiochi. – Ehi ehi... ti è caduta di nuovo la lingua in gola, eh? Sei fortunato che ci sono qua io, piscialletto. Le vedi quelle pietre? Te le faccio leccare una a una, cosí magari la lingua torna fuori.

Ho deglutito. Le pietre sulla riva del fiume sono ricoperte da una patina verde viscida, uno strato di limo spesso e scivoloso. Per fortuna a colazione ho mangiato solo pane secco.

In quel momento arriva Simone. – Ma chi ti *crrredi* di *esserrrre*?

Quando è agitato, le sue erre sembrano dei

gargarismi. Il tizio si gira verso Simone con un grugnito. Ma Simone non c'è piú. È schizzato via di corsa lungo l'argine del fiume e a quel punto io lo seguo a ruota senza pensarci due volte.

– Corri corri corri! – mi strilla, zigzagando tra i pioppi dell'argine.

– Questa la paghi, *mademoiselle* dei miei stivali! – urla il tizio alle nostre spalle. Si china a raccogliere una pietra e ce la tira dietro, ma non ci prende. E non si spreca a rincorrerci.

Qualche minuto dopo stiamo riprendendo fiato nascosti in mezzo al canneto.

– Ha una gamba piú corta dell'altra, – mi spiega Simone, sbuffando. – Devi sempre fregarlo sulla velocità, perché non riesce a correre.

– Ma chi è? È la seconda volta che lo becco. Anzi, che lui becca me.

– Lo chiamano il Caimano. È uno scemo. Si crede il padrone del mondo solo perché è il nipote di quello del Bar Sport e sta sempre in sala giochi. Suo papà è ubriaco dalla mattina alla sera, e secondo me lo picchia. Lui è una molla caricata a rabbia. La sfoga sul primo che incontra, anche senza motivo. Mettiti gli stivali, dài, andiamo!

Corriamo nel fango, sollevando schizzi di acqua limacciosa. Senza volere spaventiamo uno stormo di anatre selvatiche che si nascondevano tra le canne e che frullano via indispettite, pitturando l'aria di proteste. Quando sbuchiamo dall'altra parte del canneto, sulla spiaggia dove ieri siamo venuti a pescare, troviamo Oddi accucciato sulla sabbia. Accanto a lui, elegantissima, è accucciata la canoa. Alla luce del sole la sua pelle di legno tatuato risplende come il miele. Visti cosí, Oddi e la canoa sembrano due vecchi amici che chiacchierano placidamente dei casi della vita guardando la corrente.

– Dov'è tuo papà?

– È tornato a casa, aveva da fare. Ci ha fissato la canoa a riva con una cima, cosí possiamo muoverci qui davanti senza il rischio di allontanarci. Con una pagaia sola non riusciremmo a guidarla. Sul canale comunque l'acqua è bassa e quasi ferma, va benissimo per fare delle prove. Poi, appena prendi un po' la mano e aggiustiamo la pagaia, magari facciamo la traversata e andiamo dall'altra parte del fiume.

– Da soli?

– No, – mi dice, ridendo della mia faccia stupita. – Insieme!

Capitolo undicesimo

È stato un pomeriggio fantastico.

In acqua, la canoa assomigliava ancora di piú a un coccodrillo. Averla viva e vera davanti agli occhi è tutta un'altra cosa che vederla da lontano sul lago. Simone è salito per primo per mostrarmi i movimenti. È bravissimo. Ha due braccia cosí sottili, non so dove tenga nascosti i muscoli, ma si sarebbe detto che non facesse nessuno sforzo a far danzare la canoa. Si muoveva con eleganza, come un musicista. Mi ha insegnato a pagaiare, a virare e a sfruttare la corrente. Mi ha fatto vedere come si inclina la pagaia e che effetto fa se si dà troppa forza da un lato solo, o troppo poca. Deve essere andato spesso in canoa, quando era in Canada. A vederlo scivolare sull'acqua, si sarebbe detto che lui e la canoa fossero una cosa sola, tanto stavano bene insieme. Quando è toccato a me, ho rischiato tre volte di capovolgerla solo per riuscire a salirci. E una volta a bordo, ho fatto fatica a tenermi in equilibrio: niente movimenti bruschi, mi ha detto Simone, e ginoc-

chia morbide, finché non si è seduti. All'inizio mi sembrava di ribaltarmi a ogni respiro, ma dopo un po' mi sono abituato a sentire l'acqua e ho preso il ritmo. Sono riuscito a percorrere un pezzetto di canale, anche se sollevavo piú schizzi di un'anatra impazzita.

Quando siamo tornati a terra ero fradicio come se fossi caduto in acqua. Ho pensato ai ratti e mi sono subito tolto la maglietta, mentre Simone si è avviluppato nell'asciugamano, come se sentisse freddo. Ci siamo sdraiati sulla spiaggia ad asciugarci.

Lontano, dalla riva opposta, è arrivato un fischio.

Sulle prime non ci ho fatto caso: il fiume è pieno di vita nascosta e di animali che intrecciano strani versi. Il fischio però si ripeteva, come un richiamo. Simone si è sollevato sui gomiti.

Sulla riva opposta, in mezzo agli arbusti della scarpata, c'era l'Uomo Verde. Non si distingueva bene perché era proprio dello stesso colore delle piante. Guardava fisso nella nostra direzione. Ha alzato un braccio.

– Chi è? – ho chiesto, leggermente preoccupato. – Ci spia?

Simone ha alzato un braccio in risposta al gesto dell'Uomo Verde e si è messo a ridere. – Ma va'! Saverio è un amico. Mi sorveglia. Si preoccupa per me. Sa che questo è il mio posto segreto e controlla che nessuno venga a darmi fastidio.

– Abita nel bosco?

– No, abita sul fiume. È un pescatore. Vive in una casa galleggiante che di solito è ancorata sulla riva destra del fiume, un po' piú su. Sei capace di arrampicarti? Se sali su questo noce riesci a vederla.

Non sono mai stato molto agile sugli alberi. Simone invece sembra essere nato per andare su e giú dai rami come una lucertola. Con un po' di fatica l'ho seguito sul noce.

Oltre il canale, sulla riva opposta del fiume, c'era una specie di chiatta con una casa di legno bianca. Era una casa vera e propria, con tanto di finestre e di tendine.

– Va in giro vestito di verde e vive su una casa galleggiante? Come l'omino verde delle leggende?

Volevo fare una battuta, ma Simone non ha riso. – C'è stata una piena qui, anni fa, quando Saverio era ragazzo. Aveva piovuto per tantissimi giorni di fila, senza smettere mai, su tutto il corso del fiume dalla sorgente alla foce. La gente teneva d'occhio il livello dell'acqua e rinforzava gli argini con sacchi di sabbia, ma una notte il fiume non ce l'ha fatta piú a trattenersi e ha rotto l'argine in piú punti, spandendosi fuori come un urlo. Quando si è capito cosa stava accadendo, Saverio è fuggito insieme al suo migliore amico, aggrappandosi a un camion di disperati, già pieno di gente. Ma era buio, c'era nebbia, il camion ha sbagliato strada e invece di mettersi in salvo sono finiti nel fango. In breve si sono trovati in mezzo alla furia travolgente dell'ondata di piena. Il livello dell'acqua saliva sempre di piú, mangiandosi il camion. La gente urlava, piangeva, cercava di aggrapparsi sempre piú in alto. L'amico di Saverio è scivolato, ha perso la presa ed è caduto in acqua. Saverio non ci ha pensato due volte, si è tuffato dietro al suo amico e in qualche modo è riuscito a raggiungerlo e ad afferrarlo. L'ha tenuto stretto a sé, andando un po' sopra e un po' sotto l'acqua, finché la corrente li ha spinti contro un albero sporgente a cui si è afferrato. Li hanno trovati lí, abbracciati all'albero. Saverio era solo svenuto. Il suo amico invece non ce l'aveva fatta, era proprio morto.

Due gabbiani hanno strillato sopra la nostra testa. Nonostante la sabbia calda, mi sono sentito la schiena piena di brividi. Il sole si è sciolto sull'orizzonte del fiume.

– Adesso è tardi, – ha concluso Simone. – Ma se vuoi domani te lo faccio conoscere.

Capitolo dodicesimo

Scusami, Johann Sebastian. In questi giorni mi sono quasi dimenticato di te e anche del violoncello. E mi sono del tutto dimenticato di telefonare al mio amico Vittorio: gli avevo promesso che ci saremmo sentiti, perché venisse qualche giorno a Dandelion con i suoi genitori. Ma sono successe troppe cose.

Simone mi ha portato a conoscere Saverio, che non è poi cosí strano come sembrava, a parte per il fatto che non parla. Non ho capito se non può o non vuole. Intendo dire che non parla con la voce, perché in realtà è bravissimo a parlare con gli occhi, con le mani, e anche con la barba. Nella sua casa galleggiante, Saverio colleziona tutti gli oggetti piú strani che trova nel fiume. Ha trovato perfino dei pezzi di armi e di missili di quando c'era la guerra. Io e Simone siamo andati in spedizione lungo gli argini per cercarne altri, e abbiamo scoperto molte tane di nutrie e un paio ne abbiamo anche viste nuotare. Un pomeriggio siamo finiti in un posto incredibile: un pezzo piú a valle del ponte ci sono delle montagne di sabbia che sembrano fatte apposta per giocare ai vulcani. La lava eravamo noi: salivamo in cima e facevamo le scivolate cercando di rimanere in piedi. Non so perché, ma abbiamo riso per ore come se fossimo ubriachi.

Ho continuato a fare esercizi con la canoa ormeggiata, e devo ammettere che sono diventato piuttosto bravo a usare la pagaia. Adesso avrei voglia di provare ad attraversare il canale, ma per farlo bisogna essere in due: dobbiamo rimediare la seconda pagaia. Non siamo ancora andati a nuotare nella Lanca della Maga. Ogni volta che glielo propongo, Simone trova una scusa. Forse si vergogna di non saper nuotare.

Ieri ho provato a salire piú in alto sul noce, per capire se da lí riuscivo almeno a vedere la Lanca, ma gli alberi sull'argine di fronte coprono tutto. Sul noce abbiamo fatto una specie di capanna. A dire il vero assomiglia piú a una zattera naufragata che a una capanna, ma l'importante è l'idea.

Del pesce siluro nessuna traccia... ovviamente. Simone però non si perde d'animo. Ogni volta che prepara la canna, continua a dire che è solo questione di pazienza, e ogni volta io porto con me i guanti per afferrare il mostro alla mandibola. Non è che io ci creda, è una specie di rito.

Tra una settimana in paese ci sarà la Sagra del Luccio e faranno una lotteria dove si vincono attrezzi per la pesca: lenze, mulinelli, esche, reti e cose del genere. Simone voleva a tutti i costi partecipare, ma al Bar Sport gli hanno detto che i soldi che aveva non bastavano per comprare nemmeno un biglietto. Mi sono venduto: ho promesso a Laura e Linda di fare per tre giorni tutti i loro Lavoretti in cambio di una somma ridicola, che però insieme ai soldi di Simone è servita per comprare il biglietto numero 15. Lo abbiamo chiuso nel fumetto di *Beck* che porto sempre nello zaino, con il patto di dividere qualunque vincita a metà. Ci è avanzata qualche moneta e volevamo giocarla alle macchinette, ma siamo usciti di corsa dal Bar Sport quando abbiamo visto il Caimano appostato nella sala giochi. Simone ha proposto di dividerci un gelato da BluFreddo. Il gelato di BluFreddo non è niente di speciale, ma il gelataio sí: è un turco che parla sempre spagnolo, e quando ti mette i gusti nel cono si esibisce in una serie di scherzi acrobatici e giochi di prestigio che valgono veramente il prezzo del gelato.

Ci siamo dati appuntamento a domani. Stamattina infatti sono qui con te, Johann Sebastian, per fare gli esercizi di violoncello che ho saltato in questi giorni. Nel pomeriggio invece è prevista una gita con l'Allegra Famiglia, e questa volta non ho piedi fasciati da usare come scusa per restare a Dandelion.

Qualche volta le femmine sono delle lagne, ma *questa* volta gliene sono grato. Grazie alle Due Elle, che si sono messe a litigare con gli adulti perché volevano rimanere a Dandelion, sono riuscito a restare qui anch'io. Perfetto! Posso andare da Simone! Gli devo mostrare una colla per legno che mi ha dato mio papà: forse può servire ad aggiustare la pagaia.

Mi apre la porta sua mamma.

È spettinata, ha le occhiaie, le palpebre gonfie e un occhio truccato a metà. Oggi non assomiglia per niente a quella Penelope Nonmiricordo.

Quando vede che sono io, fa un sorriso forzato. – Ciao Dario. Cerchi Simone?

Annuisco, seguendo come una mosca la sua matita per gli occhi con cui mi indica la strada dell'argine.

– Mi dispiace, ma non è a casa. Ha detto che andava a fare il bagno. Pensavo che ci venisse con te.

– A fare il bagno? Simone? Ma... – sono interdetto. – Ma... come? Simone non sa nuotare!

– Non sa nuotare? – la mamma di Simone fa una risata scomposta. – Figuriamoci se non sa nuotare! È l'unica cosa intelligente che ha imparato da suo padre.

Ha detto questa frase a voce piú alta, come per farsi sentire da qualcuno.

Infatti la voce del papà di Simone prorompe dalla cucina. – Già, perché da te chissà cosa ha imparato... Probabilmente le marche dei vestiti!

– Sarà sempre meglio conoscere le marche dei vestiti che i nomi dei fantini, – ribatte lei, con un tono velenoso che le trasfigura i tratti del viso.

– Intanto tu ci mangi, grazie ai fantini.

– Ah, sí? Sei tu che mangi grazie a me, piuttosto! Vorrei proprio vedere cosa saresti in grado di fare da solo! E non usare questo tono quando mi parli, altrimenti...

– Grazie mille. Arrivederci.

Li lascio. Sono trasparente ai loro occhi ed è evidente che non stanno parlando con me e che non hanno altro di importante da dirmi.

So dove cercare Simone.

Capitolo tredicesimo

Penelope ha detto che sa nuotare benissimo. È sua mamma, non può essersi sbagliata. Ma allora perché lui mi ha mentito? Mano a mano che mi avvicino al ponte, la sorpresa lascia il posto alla delusione. Perché ha detto che non sapeva nuotare? Perché è andato a nuotare senza di me? Pensavo che fossimo amici, ma agli amici non si raccontano bugie cosí stupide.

Attraverso il ponte di barche e mi sento le gambe sempre piú pesanti. Voglio vederlo, ma nello stesso tempo non voglio vederlo. Infilo il primo sentiero che porta dentro al bosco e vado piú o meno nella direzione dove immagino che ci sia la Lanca della Maga. I pensieri mi ronzano in testa come api stizzite.

Solo quando arrivo a una biforcazione del sentiero, all'improvviso mi rendo conto che c'è qualcuno accanto a me. Faccio un salto. – Saverio! Mi hai fatto paura.

La sua barba sussulta quando ride.

– Sto cercando Simone, – gli dico. – Sua

mamma mi ha detto che è andato a nuotare. Credo che sia andato alla Lanca della Maga. Tu sai dov'è?

Saverio aggrotta le sopracciglia e fa una faccia interrogativa, come se qualcosa di quello che ho detto non gli tornasse. Si vede che anche per lui è una sorpresa.

– Mi ha sempre detto di non saper nuotare, – gli dico. – Ma perché? È un bugiardo.

Tiro un calcio a un rametto secco. Saverio si gratta la testa perplesso e mi fissa.

– Tu sai come si arriva alla Lanca da qui? Vado a destra o a sinistra? – gli chiedo, indicando il sentiero che si biforca.

Saverio prende un grande respiro come se volesse far entrare nel naso tutto l'odore di limo del fiume. Poi di colpo mi mostra un cestino di vimini pieno di fiori gialli. È il suo modo di cambiare discorso.

Sbuffo. Saverio abbassa il cestino senza insistere.

Il sentiero era quello giusto: la Lanca della Maga è davanti a me. Sembra un posto incantato. Lo stagno è circondato da alberi e liane, come un girotondo di piante. Se non sapessi che è uno stagno, sembrerebbe un prato: la superficie dell'acqua è verde brillante, come se l'avessero dipinta con il pennarello sbagliato. Mi sono riparato dietro il tronco di un grosso salice da dove posso vedere quasi tutta la Lanca. Sento il rumore dell'acqua smossa.

E poi vedo Simone che nuota. Rimango a bocca aperta: è bravissimo. Sembra veramente un pesce. Mi accuccio sotto il salice. Sono combattuto tra l'idea di uscire allo scoperto e di smascherarlo, e la voglia di rimanere da solo con la mia delusione. Non capisco perché mi abbia mentito. Magari... magari aveva una buona ragione. Magari ha delle cicatrici sul corpo e si vergogna a mostrarle. Questo spiegherebbe perché porta sempre quella maglietta larga, anche quando fa talmente caldo che a me si squagliano i neuroni.

Nel momento esatto in cui formulo questo pensiero, con un ultimo slancio Simone esce dall'acqua. E io rimango di sasso.

Perché quello che vedo non è per niente quello che avrei pensato di vedere. Perché vorrei aver chiuso gli occhi o aver girato la testa o averla affondata nel fango, qualunque cosa pur di non avere gli occhi puntati addosso a Simone in questo momento e comunque non riesco a staccarli non riesco a fare niente neanche a pensare mi si è fermato il cuore si è fermato il tempo e non riesco a credere a quello che vedo, e quello che vedo è Simone che esce dall'acqua con il costume ma il costume non è uno, è due, ed è la prima volta che lo vedo con la pelle addosso e anche quella è troppa,

troppa pelle per me perché copre un corpo che non conosco che non riconosco mi sento male è come se il mio stomaco venisse risucchiato verso l'esterno e la testa mi pesa a tal punto che finalmente riesco a rovesciarla all'indietro e guardare verso il cielo, togliendo gli occhi da lui. Cioè, da lei. Simone è... è...

Simone è una femmina.

Sono scappato come se mi inseguisse il pesce siluro.

Capitolo quattordicesimo

Sul prato di Dandelion, Martina compone il suo puzzle. Il papà ogni tanto le passa vicino, andando e tornando dalla rete dietro casa, che finalmente ha deciso di aggiustare. Sta fissando la rete in terra con dei picchetti. Ogni volta che passa accanto a noi esclama qualcosa tipo: «Bravissima!» e «Che fenomeno!». Martina non si lascia distrarre dai complimenti, e aggiunge un altro pezzo al suo puzzle.

Vorrei essere bravo come lei. Vorrei riuscire a comporre il puzzle di pensieri che mi si è sparpagliato in testa. Invece inseguo i pezzi come se ogni volta passasse il vento a buttarli all'aria.

Da due giorni non so niente di Simone. Non sono piú andato a cercarla. Non riesco ad abituarmi all'idea che sia una femmina, e che mi abbia ingannato per tutto questo tempo. Nemmeno lei è venuta a cercare me. Mi chiedo se si sia accorta che la stavo spiando, mentre faceva il bagno alla Lanca della Maga. Ovviamente io non la stavo spiando. Cioè sí, ma non per il motivo che... insomma. Il puzzle si disperde di nuovo. Il mio, intendo, perché quello di Martina invece è quasi completo.

– Dario, la mamma dice se quando papà ha finito con la rete puoi andare ad aiutare la zia in cucina. C'è da tritare il prezzemolo –. Laura è gentilissima con me. Per forza! In questi giorni sto facendo quasi tutto io. Mi sono addossato anche i peggiori Lavoretti. Ieri ho perfino pulito il bagno e grattato le incrostazioni di bruciato dalle teglie dove avevano cucinato la torta di carote e pistacchi (il corso di Cucina Creativa è arrivato ai dolci). Adesso mi tocca tritare il prezzemolo, e tutto il mondo sa che io odio tritare il prezzemolo. È fastidiosissimo. Si appiccica al tagliere, si spalma sulle mani, cade in tutte le direzioni. È proprio vero che il prezzemolo va dappertutto: infatti io finisco sempre per trovarmene pezzetti fin nelle mutande.

Ma almeno con i Lavoretti passo il tempo: Dandelion è di nuovo sprofondata nella noia.

Nessuno ha accennato al fatto che in due giorni Simone non sia mai passata a chiedere mie notizie. Meglio cosí. Che se ne stia dov'è. Non ho voglia di parlare con lei. Mi sono immerso nei Lavoretti anche per evitarla: se mai venisse a cercarmi, avrei delle buone scuse per risponderle che non posso uscire, senza dare tante spiegazioni. Cos'altro potrei dirle? «Ciao Simone, ti ringrazio, ma adesso che so che sei una femmina mi è passata la voglia di trascorrere il mio tempo con te». Mi sento un imbecille.

– Dario! Il prezzemolo serve per l'insalata di pollo, non è un unguento di bellezza...

La mamma e zia Magda mi guardano divertite. Mi specchio nella teiera: ho prezzemolo perfino in mezzo ai capelli.

– Ti trovo un po' distratto, giovanotto, – commenta zia Magda. – Non sarai mica innamorato?

Sento le guance avvampare, come se qualcuno mi avesse appiccato il fuoco. Ma certo. Loro *sanno*. Tutti hanno sempre saputo! Solo io sono stato cosí stupido da non capire niente! Solo io per tutto il tempo ho creduto che Simone fosse un maschio. Loro hanno sempre *saputo* che io passavo tutti i miei giorni con una... con una... E *ovviamente* adesso tutti pensano che...

– Vado a pulirmi, – grugnisco, e scappo dalla cucina. Adesso capisco le risatine di Laura e Linda quando mi vedevano uscire con lui. Cioè, con lei. Io che esco con una femmina! E capisco anche perché teneva sempre la maglietta larga e perché si è inventata la scusa che non sapeva nuotare. Per non farsi vedere in costume. Tutto chiaro. Però non capisco *perché* mi ha preso in giro. E ce l'ho con lei per averlo fatto. E ce l'ho con me per esserci cascato.

– Dario, già che ci sei: potresti rifare i letti nelle stanze di sopra?

No, no e no. Non posso, non voglio e non ho nessuna intenzione di farlo. Basta, sono stufo di tutti! Apro il rubinetto e ci ficco sotto la testa. Perché nessuno mi ha avvisato? Perché nessuno si è accorto che io...

Aria! Ho bisogno di aria, spalanco la finestra del bagno. E la vedo. È appena uscita da casa sua, sta attraversando il giardino di corsa verso Dandelion. Quando arriva alla rete fa il gesto di sollevarla come al solito, ma questa volta la rete non si sposta. I picchetti tengono bene. Ottimo lavoro, papà.

Simone fa un passo indietro. E alza lo sguardo verso la casa.

No, non ho fatto in tempo ad abbassarmi. Qualcosa dentro di me avrebbe voluto farlo, ma vedermela lí davanti adesso che *so*... è come se la vedessi per la prima volta. Non riesco ad andarmene.

Simone mi sorride e si sbraccia per salutarmi. – Ho un regalo per te! – urla. Con la sua nuova voce da femmina. Che scemo sono stato, la sua voce è la sua voce, ed è sempre stata una voce da femmina, come ho fatto a non accorgermene?

– Ah, bene, – dico, per tutta risposta. Bene un corno. Vai via.

– Ehi! – protesta lei. – Ho detto che ho un regalo per te! Non vuoi sapere cos'è?

No, non voglio saperlo. Non voglio sapere piú niente che ti riguardi, perché quello che so è già troppo. Sei una bugiarda. Sei un'imbrogliona. Hai tradito la mia amicizia, ti sei presa gioco di me, mi hai messo in ridicolo davanti a tutta la mia famiglia e adesso vieni a farmi regali. Sei una *femmina*, e se me ne fossi accorto prima non mi sarei mai fidato di te.

– Non scendi? – dice, piccata e anche un po' delusa. Appoggia per terra un pacco stretto e lungo che teneva dietro la schiena.

– Devo... devo rifare i letti, – sento dire alla mia voce. Ma mi esce cosí poco naturale che non ci credo nemmeno io. Sto trattenendo la rabbia con i denti.

Simone inclina la testa dubbiosa e aggrotta le sopracciglia. Insiste. – Dài, scendi. Solo un attimo. Ho un regalo per te, – ripete.

Se continua cosí, finirà per attirare l'attenzione di tutta l'Allegra Famiglia. Non ho nessuna voglia di diventare lo zimbello collettivo. – Ti ho detto di no!

– Ma...

– Non posso e BASTA!

Silenzio.

– Cos'è successo qui? – chiede, indicando

i paletti che hanno chiuso il nostro passaggio segreto.

Mi stringo nelle spalle con l'aria di chi non dà nessuna importanza alla cosa. – Mio papà ha aggiustato la rete.

Simone non fa nessun commento. Rimane aggrappata alla rete come un carcerato. Anzi no, il carcerato sono io e non vedo l'ora di evadere da qui. Chiudo un'anta della finestra.

– Aspetta! – dice Simone. – Andiamo al fiume? Tra mezz'ora?

– Ti ho già detto che non posso...

– Allora oggi pomeriggio? Passo a prenderti?

Laura e Linda fanno capolino in fondo al giardino. Ci manca solo che ci trovino a parlare cosí, come due Giulietta e Romeo alla rovescia. E di colpo, piú che altro per la voglia di liberarmi di lei, di colpo le dico di sí. – Non passare, ci vediamo direttamente là. Alle quattro.

– Alle quattro. Va bene, ciao.

Si sgancia dalla rete e sparisce dietro la siepe. Neanche lei ha voglia di incontrare le Due Elle.

Che cosa ci vado a fare? Sono uno scemo. Vado a farmi prendere in giro, ha ha, Dario babbeo. Che mi aspetti pure. Io non ci vado al fiume. Oppure sí, invece: ci vado e la inchiodo alle sue menzogne. Le dico chiaro e tondo che ho scoperto tutto e che è una bugiarda ignobile e che non voglio piú avere niente a che fare con lei. E poi arrivederci, me ne torno a casa.

Alle tre e mezza non ce la faccio già piú a stare a Dandelion. Me la svigno senza avvisare nessuno, tanto ho in programma di tornare tra poco.

Capitolo quindicesimo

Mi sono dimenticato di prendere gli stivali e ora mi tocca passare nel fango del canneto con le scarpe da ginnastica. La melma mi fa ribrezzo, non sopporto di sentirla sotto i piedi. Calcio via le scarpe appena raggiungo la spiaggia.

Sono in anticipo. La canoa è nascosta vicino al casotto arrugginito, coperta come sempre da un vecchio telone di camion. E dire che ho sempre sognato una canoa cosí. Sarebbe stato bello poter... Caccio via il pensiero. È l'ultima volta che vedo questa canoa.

Tolgo il telone e mi stendo sul fondo. Da lí si vede solo il cielo, perché le pareti della canoa fanno schermo a tutto il resto. Sarebbe bello scendere il fiume cosí. Potrei mettere la canoa in acqua, sdraiarmi dentro e lasciarmi scivolare via. Scommetto che arriverei al mare senza che nessuno se ne accorga. Chiudo gli occhi, immaginando di sentire la corrente che mi porta via per sempre.

– Sei in anticipo.

Mi rialzo con un sussulto. Non l'ho sentita arrivare. Ha in mano il pacco stretto e lungo, avvolto in carta marrone, che posa nella canoa accanto a me. Mi sorride con aria misteriosa. Non me ne importa niente del tuo regalo, vorrei dirle, e non me ne importa niente neppure di te. Ma le parole mi rimangono impigliate sui denti. Prendo in mano il pacco e non so cosa farne. È come se ogni parte di me volesse andare in una direzione diversa.

– Forza, apri. È un regalo! È fatto per essere aperto! – Abbozza un sorriso.

– Cos'è, una Barbie gigante? – chiedo, con una punta di cattiveria.

Non coglie il senso della battuta, ma percepisce benissimo il sarcasmo nella mia voce. Mi guarda perplessa. – Ma cos'hai? Fai sempre cosí quando ricevi un regalo?

Non le rispondo e apro il pacco. Faccio saltare lo scotch, svolgo la carta, tolgo la plastica con le bollicine e... e... e ho in mano una pagaia.

– Nuova! – esclama Simone, facendo saltare la sabbia con un calcio. – Io e papà siamo stati in città ieri e l'ho comprata con i miei soldi. Ti piace? È tua. Adesso che abbiamo anche questa, possiamo fare dei giri veri. Possiamo esplorare i posti sul canale dove non si arriva a piedi e cercare le tane delle nutrie lungo le rive! Possiamo fare tutta la traversata del fiume, andare fino all'altra sponda! Ti piace?

Una pagaia. Tutta mia. La guardo da ogni lato e non mi sembra vero. Quando la impugno è perfetta per la mia mano. Sembra che l'abbiano costruita apposta per me! Provo un paio di mosse, affondandola nella sabbia. La pagaia fa leva, e la canoa sembra alzarsi per partire. Una pagaia! Simone mi guarda compiaciuta.

E io penso che la odio. Sarebbe stato cosí bello. Invece ha rovinato tutto. Cosa ci faccio adesso, con questa pagaia? Sono venuto a dirle che è un'imbrogliona, non verrò mai piú al fiume con lei e anzi non la voglio proprio piú vedere. Il mio puzzle di pensieri va di nuovo per aria. – Grazie del regalo. Gentile. Ma io non...

Mi guarda fisso, seria. Non so come faccia, ma quando mi guarda cosí è come se mi sfogliasse i pensieri. Non riesco a finire la frase.

– Non vuoi provarla? Non vuoi piú andare in canoa?

Accidenti. No. Non ci voglio andare *con te*, perché perché perché... perché sei una femmina, e una truffatrice, hai tradito la mia amicizia e non ti voglio vedere mai piú! Ma le parole non mi escono, starnazzano via nella testa come le anatre sul canale. E sono ancora piú arrabbiato: cosa aspetto a dirle quello che si merita? – Certo, certo. Come no. Mettiamola in acqua.

Mettiamola in acqua! Invece di dirle tanti saluti, ti restituisco le tue bugie e riprenditi pure la tua pagaia, le ho detto *mettiamola in acqua*! E le sto anche dando una mano a trascinare la canoa verso la riva. E salgo a bordo. Ma ho i nervi tesi e non sento una parola delle sue spiegazioni su come dobbiamo sincronizzare i movimenti. Appena mi siedo, immergo la pagaia in acqua e spingo forte.

– Ehi, Dario, cosa fai? Devi aspettarmi.

– Ci metti un'eternità!

Scuote la testa e si sistema sulla panchetta davanti, voltandomi la schiena. – Ti ricordo che dobbiamo partire insieme! E comunque stai facendo movimenti troppo bruschi. Rilassati.

– Sono rilassatissimo. Sei tu che vai troppo lentamente.

– Non vado lentamente, non ho neanche *cominciato*! Devi aspettarmi. Bisogna che tu vada a tempo con quello che faccio io, altrimenti finiamo per mandare la canoa in due direzioni diver...

– Ho capito. Dài, parti.

Si gira a scoccarmi un'occhiata ostile. Ho voglia di piantare questa pagaia sul fondo melmoso del canale e ficcarla sempre piú giú, sempre piú giú, finché non viene inghiottita dalle viscere della terra.

– Non serve che tu spinga la pagaia tanto a fondo, quando la immergi. Cosí fai un sacco di fatica per nulla.

– Faccio fatica, per forza! Tu non ti muovi neppure!

– Dario, ti ho detto di non andare cosí forte! Ci fai virare!

– Sei tu che devi spingere di piú!

– Ma insomma, si può sapere cosa ti prende? Ti sei accorto che siamo appena partiti?

– E tu ti sei accorta che stai accarezzando l'acqua?

Si blocca. Con un gesto lentissimo, appoggia la pagaia sul fondo della canoa e si volta a guardarmi. La canoa scivola di lato, si gira di novanta gradi e si incaglia sulla sabbia della riva.

– Cosa hai detto?

– Ho detto che accarezzi l'acqua! Non ci metti un briciolo di forza, devo fare tutto io!

Simone tace. Ebbene? Se l'è presa perché le ho detto che è troppo lenta?

Poi capisco. Ti sei accorta. Ho detto ti sei *accorta*. Mi guarda. La guardo. Rimaniamo immobili cosí per un tempo che mi sembra lunghissimo. La canoa sussulta leggermente sulla sabbia e noi a bordo siamo statue di sale. Ma sono io il primo che abbassa lo sguardo. E questo mi fa arrabbiare due volte di piú. È *lei* che mi ha imbrogliato, e devo sentirmi in colpa io?! Che diritto ha di guardarmi in quel modo, come se avesse qualcosa da rimproverarmi? Pur di fare qualcosa, afferro la pagaia per riprendere a remare come se niente fosse, ma con quello sguardo addosso mi sento come un serpente che si divincola sotto una scarpa.

– Da quando?

– Da quando cosa?

– Da quando lo sai?

No, questo è troppo. Mi fa anche gli interrogatori adesso! Un'ondata di rabbia mi lievita in corpo, sale dalla pancia alle guance e non mi trattengo piú. La mia voce è tagliente. – Potrei farti la stessa domanda, cara Simone. Da quando, eh? Da quando sei una femmina? Mi hai raccontato un mucchio di bugie perché non avevi niente di meglio da fare per passare il tempo? Prendere in giro la gente rientra fra i tuoi sport preferiti? Ti sei divertita?

Si alza in piedi. Lentamente punta la pagaia verso di me. Per un attimo mi viene il pensiero assurdo che voglia picchiarmi.

Invece fa un sorrisetto amaro e parla quasi sottovoce. – È inutile che te la prendi con me. Io non ti ho mai mentito, mai. Hai fatto tutto da solo. Tu! Mi hai trattato come un maschio, fin dall'inizio. Un maschio! Dovrei essere io a offendermi!

– Bugiarda. Sei una bugiarda! Bugiarda come tutte le femmine! Hai fatto di tutto per farmi credere che...

Mi interrompe, e le trema la voce. – E tu sei uno stupido! Solo perché andavo in giro nel bosco da sola, per te dovevo essere un maschio. Il signorino non ha mai conosciuto ragazze che camminano nei boschi, che fanno capanne sugli alberi, che pescano e vanno in canoa. Certo, il signorino ha una visione molto limitata del mondo, ma noi dobbiamo sopportarlo.

– Sta' zitta! Mi hai mentito un milione di volte, non mi fiderò mai piú di te. Anche il tuo nome è da maschio! Tu imbrogli da quando sei nata!

– Ti ho detto che mi chiamo Simone, *Simòn*, con l'accento sulla *o*... È francese, ti dice niente questo? Francese e *femminile*! Sei un ignorante, punto e basta!

– E tu una bugiarda! Se tu fossi stata sincera, mi avresti detto la verità subito!

– La verità? Sai qual è la verità, signor so-tutto-io? La verità è che sei solo come un cane abbandonato, e che se non ci fossi stata io in tutti questi giorni te ne saresti rimasto a Dandelion a lamentarti della tua Allegra Famiglia e a contare peli di gatto sul divano. E tutto perché? Perché il signorino odia le femmine! È convinto di sapere tutto sulle femmine! Credi che sia stato divertente passare per un maschio? Provare per credere. Sai una cosa? Dovresti ringraziarmi per non averti svegliato subito dal tuo sonnambulismo, cosí almeno hai passato qualche giorno fuori da quel recinto per le capre che ti ritrovi al posto del cervello!

– Ma chi ti ha chiesto niente? Non ti ho costretta io a fare finta! Non ti ho chiesto di venire a salvarmi! Potevi rimanertene a casa tua.

– Sei un idiota! Non ti voglio piú vedere!

Sta piangendo. Non me ne frega niente.

Colpisco e affondo. – Te lo dico io qual è la verità. La verità è che tu sei molto piú sola di me, perché non hai proprio nessuno intorno, ti rifugi nelle storie che inventi e non hai altro. E sai perché sei sola? Perché sei una bu...

CIAFF!

Di colpo si è alzata in piedi ed è saltata sul bordo della canoa, rovesciandola.

Mi ritrovo a quattro zampe in acqua con la spiacevole sensazione di affondare mani e piedi nella melma. Mi aggrappo alla canoa per rialzarmi, ma Simone, che è saltata a riva, mi spinge via e tira in secco la canoa con tutta la forza che ha.

E piange. – Ti sta bene. Non toccare mai piú la mia canoa! – Poi prende le mie scarpe e me le lancia addosso come proiettili. – Sparisci! Vattene!

Invece è lei ad andarsene. Si infila nel bosco senza piú voltarsi e scompare di corsa. Io risalgo a riva grondando fango e sputo acqua di fiume.

Capitolo sedicesimo

Sono stati giorni un po' vuoti.

Ho letto i fumetti di *Beck* almeno tre volte. Sono consumati.

Ho suonato cosí tanto il violoncello che mi fanno male le mani e le spalle. Ho fatto perfino gli esercizi di tecnica che non faccio mai. L'archetto si stuferà di stare teso. Bach mi guarda dal ritratto attaccato alla custodia: giurerei che mi fa la faccia severa. Cos'hai da rimproverarmi, Johann Sebastian?

I *Tre pezzi facili* ormai mi abitano dentro le vene. Li ho provati e riprovati un milione di volte, ormai li suono anche senza lo spartito. A tratti, mentre faccio tutt'altro, li sento in testa, in pancia, nelle braccia. Mi svegliano la mattina come un'onda piú forte delle altre.

Sabato e domenica abbiamo avuto ospiti, a Dandelion. È venuto a trovarci Vittorio con i suoi genitori. Vittorio era appena rientrato dalle vacanze: quest'anno è andato in campeggio al mare, con il gruppo della parrocchia. Mi ha detto che si è divertito un sacco. Mi ha raccontato com'era fatto il campo di minigolf e tutti gli scherzi che hanno combinato alle ragazze. Dice che l'anno prossimo tornerà lí, non vuole piú venire in montagna. Dice che devo andare anch'io con lui, che può parlarne con il prete della sua parrocchia, se voglio.

L'ho portato a prendere il gelato da BluFreddo. Ha riso come un matto di fronte alle acrobazie del gelataio turco. Si è mangiato tre gelati doppi solo per il gusto di vedergli ripetere gli stessi giochi. Ci siamo fatti un giro in paese, però mi sono tenuto alla larga dal Bar Sport. L'unica volta che ci siamo passati davanti, ho dato un'occhiata veloce all'interno. C'erano solo due vecchietti che guardavano la partita con la faccia verso il ventilatore.

Sul ponte di barche ci siamo fermati a guardare il fiume. Vittorio è rimasto molto colpito dalla storia del ponte mobile, che viene spostato a seconda del livello dell'acqua. Abbiamo anche visto una nutria tuffarsi dalla riva e nuotare controcorrente, ma Vittorio ha detto che gli faceva impressione e non è voluto andare a cercare la tana. Mi ha chiesto cosa faccio tutto il giorno, qui a Dandelion. Ho detto niente di speciale. Suono, leggo fumetti. Mi ha chiesto se in paese ho conosciuto degli amici. Ho detto non proprio. Mi ha chiesto come faccio a sopportare di stare tutto il giorno in mezzo alle femmine. Non ho risposto.

Non l'ho portato alla spiaggia sul canale. Non gli ho parlato del pesce siluro. Né di niente *altro.*

Quando Vittorio e la sua famiglia sono ripartiti, mi sono chiuso in camera a suonare i *Tre pezzi* con la finestra aperta. Le Due Elle si sono lamentate che non riuscivano a sentire l'audio del computer. È saltata una corda al violoncello.

Sono andato alla spiaggia, qualche giorno fa. Da solo.

Mentre attraversavo il canneto, mi è sembrato per un attimo di vedere la maglietta di Simone sulla spiaggia e il cuore mi è balzato in gola. Invece no, era un sacchetto di plastica abbandonato dalla corrente.

La canoa non c'era piú. Il casotto era chiuso con un lucchetto. Mi sono seduto sulla sabbia con gli occhi puntati sulla riva destra del fiume, là dove piú o meno doveva trovarsi la Lanca della Maga. Ho sentito un fischio: Saverio si è affacciato dalla sua casa galleggiante e ha alzato un braccio. Ho risposto al saluto.

Quando sono rientrato a Dandelion, dal cancello ho intravisto Penelope. Chiacchierava sotto il portico con la zia Magda. Non avevo voglia di incontrarla. Sono strisciato rasente al muro e ho fatto il giro della casa. Quando sono arrivato alla portafinestra sul retro, Oddi mi ha abbaiato da dietro la rete. Mi sono accucciato ad accarezzargli la punta del muso attraverso una losanga di metallo. Oddi spazzava le ortiche con la coda dalla contentezza e spingeva sulla rete con il suo testone per avere le carezze sulle orecchie. Una losanga si è rotta. Un'altra l'ho sganciata io: ho messo il braccio dall'altra parte e l'ho riempito di coccole.

Sono tornato da Bach. Ho piazzato il puntale del violoncello sul legnetto e ho aperto la finestra. Da sotto, è arrivata la voce di Penelope. Bach mi ha detto che i *Tre pezzi* potevano aspettare. Ho origliato.

– ... chi la capisce è bravo! Non so cosa pensare, sta tutto il giorno chiusa in camera, si rifiuta di uscire, non mi parla piú. Non vuole neanche venire piú in paese, nemmeno se le prometto il gelato dal turco! E quel povero cane... sempre chiuso in giardino... Se non vuoi portarlo a passeggio, lascia almeno che vada in giro da solo, le ho detto. Mi ha risposto che non si può, non è legale, Oddi potrebbe combinare guai o spaventare qualcuno. Ma se non c'è nessuno qui! Cosa le è preso, non so proprio. Scommetto che è colpa di suo padre. Non perde occasione per metterle strane idee in testa, chissà cosa le ha raccontato. Se scopro che ha detto qualcosa per metterla apposta contro di me, giuro che questa volta...

La zia la interrompe, ma non riesco a sentire cosa le dice.

– Spero che tu abbia ragione, Magda. D'altra parte, hai avuto una femmina anche tu, sarà vero... sarà l'età. Un'età strana, sí. Tutti quei cambiamenti, il corpo che si trasforma... Mah. Forse con un maschio sarebbe stato piú semplice. Ma io quando avevo la sua età non ho mica reagito cosí. Non so cosa fare con lei!

La zia dice qualcos'altro. Penelope le risponde sottovoce, e poi ridono tutte e due.

La mia finestra sbatte, e il violoncello riempie l'aria che respiro.

Smettila di guardarmi cosí. È lei che mi ha imbrogliato. Non è stata colpa mia.

Non ho mai avuto un'amica femmina, io! Come facevo ad accorgermi della differenza?

E invece sí. Sí che *c'è* differenza, è inutile che storci gli angoli della bocca con quel sorrisetto. E poi cosa vuoi saperne tu, che sei solo un adesivo? Hai mai avuto amiche femmine tu, Johann Sebastian Bach? È una cosa complicatissima. L'hai sentita Penelope, no? Il corpo che si trasforma, e tutte quelle cose lí...

Smettila di guardarmi cosí. Cosa vuoi che ti dica ancora? Che ne ho abbastanza dei *Tre pezzi*? Che sono stufo di parlare con te, con tutto il mondo che mi aspetta là fuori? Come dici? Non è il mondo quello che voglio? Smettila di guardarmi cosí. Vuoi che lo ammetta? E va bene, lo ammetto. Solo perché sei tu, lo ammetto: sí, mi manca. Simone. Mi. Manca.

Sono sul ponte di barche. Mi sporgo a guardare il fiume. L'acqua nebbiosa gorgoglia e si insinua tra una barca e l'altra. Passa un'auto, e io dondolo dolcemente insieme alle assi del ponte.

D'improvviso, qualcosa mi schiaccia contro la ringhiera di metallo. L'aria mi esce dai polmoni in un solo colpo, vorrei urlare ma non ho piú la voce, non ho piú fiato nei polmoni pressati e non riesco a respirare. Apro e chiudo la bocca senza successo, boccheggio come un pesce fuori dall'acqua ma è tutto inutile, non riesco a incamerare neanche un filo di fiato. Ho la cassa toracica spremuta. Ho un gorilla sulla schiena. Mi divincolo come una lucertola finché riesco a voltarmi, e mi ritrovo faccia a faccia con il Caimano. Ha gli occhi spiritati e le narici dilatate. Quando respira fa il rumore di un frigorifero rotto. Mi sussurra in faccia: – I pesci piccoli che nuotano da soli vengono mangiati subito.

Ha una voce roca e piena d'aria che mette i brividi. L'alito sa di pesce e di alghe. Io continuo a non poter emettere suoni, mi chiedo come fare per togliermi quella pressione dal petto, quando lui dice ancora: – I pesci piccoli non hanno nome. I pesci piccoli non hanno lapide –. E ride.

Mi sveglio all'improvviso, prendendo una boccata d'aria cosí potente che mi fa l'effetto di un pugno sul torace. Ansimo. Devo aver trattenuto il respiro dormendo. Maledetti incubi. Mi allungo nel buio, controllando il letto di Martina. Non si è svegliata: forse il mio respiro è sembrato rumoroso solo a me. E lei non ha sentito le parole del Caimano.

Cosa stava dicendo nel sogno? Chi non ha lapide? Di che lapide... Simone... aveva detto qualcosa a proposito di una lapide. I pensieri mi si aggrovigliano in un gomitolo confuso, cerco di separare i fili del sogno da quelli della realtà. La prima volta che ho visto Simone, quella sera nel bosco, quando mi ha raccontato la storia del pesce siluro e del ragazzino scomparso. Aveva detto... cosa aveva detto? Che la lapide mi riguardava in qualche modo. Perché? Perché... perché il ragazzino morto potevo essere io. Chi era invece?

Ma Simone è una bugiarda. La lapide era una storia inventata, serviva solo per spaventarmi. Devo dormire. Devo dormire. Devo dormire.

Ho portato il violoncello in bagno, cosí le Due Elle smettono di lamentarsi. Suono con la finestra aperta, suono senza lo spartito, suono con lo sguardo sulla rete, sulla siepe, sulle ortiche, su Oddi che corre intorno al garage. Johann Sebastian Bach è voltato verso la vasca da bagno.

Capitolo diciassettesimo

E viene domenica, giorno della Sagra del Luccio. Il biglietto della lotteria che avevamo comprato è rimasto dentro il fumetto di *Beck*. Nel mio zaino. L'inizio della lotteria è previsto per le sette, ma non ho nessuna voglia di andarci. Per di piú, è probabile che si prepari un temporale. Il cielo ha il colore di uno che è stato preso a botte e gli alberi a tratti si piegano sotto l'eco di un vento freddo, come se qualcuno avesse lasciato aperto uno spiffero tra le nuvole. Il verde dei pioppi risalta in maniera quasi innaturale.

La mamma e zia Magda stanno raccogliendo i giochi di Martina sparsi per il giardino, mentre le Due Elle sono sotto il portico a fare i compiti. Le Due Elle in silenzio? Pioverà di sicuro.

Cincischio tra le mani il biglietto. Ripenso al giorno in cui l'abbiamo comprato e ci siamo promessi di dividere la vincita. E poi abbiamo diviso il gelato del turco. Se non ci vado e magari il nostro biglietto vince? Simone non mi rivolgerebbe piú la parola. Già. Tanto non me la rivolge comunque, che differenza fa. E poi figurati se le importa davvero qualcosa della lotteria: sarebbe venuta a chiedermi il biglietto, se le importasse. Della lotteria. O di me.

Al diavolo! Richiudo il biglietto tra le pagine di *Beck*.

– Dario, la mamma ha detto di prepararti per uscire. Si va a cena alla sagra del paese!

Le Due Elle si sono truccate e agghindate come se dovessero andare al ballo delle debuttanti. Forse pensano di incontrare il Principe dei Lucci. La zia Magda chiude tutte le imposte per paura del vento, stacca le prese di corrente per paura dei fulmini e ripara i vasi sotto il portico per paura della grandine. A vederla, si direbbe che aspetti un tifone. Al momento di partire però si accorge che la batteria della sua auto non funziona: deve averla scaricata lasciando i fari accesi. Dovremo andare tutti con la nostra station wagon. Che però ha solo cinque posti, piú il seggiolino di Martina...

Colgo l'occasione al volo. – Andate voi in auto, – dico. – Io vi raggiungo in bici, ci vediamo là.

Le Due Elle mi guardano sospettose. Ma non dicono niente: di sicuro non vogliono rischiare di farsi la strada al posto mio, pigre come sono.

Io invece sono contento di starmene da solo. Ma con la bici non mi va dritta: sono costretto ad abbandonarla contro un albero dopo pochi metri, perché la ruota è completamente a terra. Brutto segno: vuol dire che è bucata la camera d'aria. Pazienza, me la farò a piedi. Mi piace camminare quando l'aria sa di pioggia e vibra con l'elettricità del temporale.

Sono sul ponte di barche. Mi sporgo a guardare il fiume. L'acqua nebbiosa gorgoglia e si insinua tra una barca e l'altra. Passa un'auto e io dondolo dolcemente insieme alle assi del ponte.

D'improvviso, qualcosa mi schiaccia contro la ringhiera di metallo. L'aria mi esce dai polmoni in un solo colpo, vorrei urlare ma non ho piú la voce, non ho piú fiato nei polmoni pressati e non riesco a respirare. Apro e chiudo la bocca senza successo, boccheggio come un pesce fuori dall'acqua ma è tutto inutile, non riesco a incamerare neanche un filo di fiato. Ho la cassa toracica spremuta. Ho un gorilla sulla schiena. Mi divincolo come una lucertola, finché riesco a voltarmi, e mi ritrovo faccia a faccia con il Caimano. Ho già visto questa scena. – Piscialletto. Hai voglia di vedere l'acqua da piú vicino?

Con un guizzo improvviso gli tiro un calcio col ginocchio, ma non si sposta. È grande e grosso, la sua mole mi tiene in una tenaglia. Se almeno riuscissi a resp...

– Mi sembrava di averti detto di girarmi alla larga. Dove hai nascosto la tua amichetta?

– E tu dove hai nascosto il tuo *cerrrvello*?

Lo scimmione si sposta di colpo. Immediatamente il mio petto si riapre a fisarmonica. Respiro!

– Ehi, chi ca...

– Nessuno ti ha mai detto che *fumarrre* fa male?

È arrivata senza farsi sentire. È scivolata alle spalle del Caimano e gli ha sfilato il pacchetto di sigarette dalla tasca dei pantaloni. Adesso glielo fa ondeggiare davanti agli occhi, ma quando lui allunga il braccio per prenderlo lei è piú svelta e si sposta. Lo provoca, ma non lo guarda: guarda me. Capisco che temporeggia perché io scappi, per poi darsela a gambe anche lei. Ma io questa volta non scappo. Non prima di aver...

Il Caimano impreca, Simone gli saltella intorno. Non è un gioco che può durare a lungo.

Infatti, al terzo tentativo, il Caimano muggisce e afferra sia il pacchetto di sigarette che il braccio di Simone. – Adesso facciamo i conti, *mademoiselle*.

Simone strilla. Le ha torto un braccio dietro

la schiena. E io non penso piú a niente. Ho solo la sensazione di gonfiarmi come un'onda oceanica, di quelle che si innalzano e scavalcano il cielo. E con la stessa forza di un'onda oceanica mi scaravento contro il Caimano a testa bassa, colpendolo al fianco. Di certo non gli ho fatto male, ma almeno perde l'equilibrio e cade. Simone si sposta appena in tempo per non essere travolta dal crollo e via, scappiamo insieme lungo il ponte facendo schioccare le assi.

La facciamo tutta di corsa, fino in piazza. Non perché il Caimano ci stia inseguendo, ma perché nessuno dei due ha voglia di parlare. Correndo, Simone dice solo: – È la seconda volta che ti salvo la pelle. Ti costerà un gelato da BluFreddo.

Io le rispondo senza voltarmi: – Spiritosa.

E basta. Quando poi arriviamo in piazza e ci fermiamo, non sappiamo cosa dirci. Prendiamo fiato guardandoci intorno. La piazza è irriconoscibile: c'è una grande confusione, è piena di gente, voci, luci, musica, bancarelle, tendoni con le panche e i tavoli per mangiare. Tra la folla seduta individuo l'Allegra Famiglia. Papà mi fa segno col braccio. Le Due Elle tirano il collo per vedere con chi sto arrivando.

– I miei sono là, – indico a Simone. – Siamo venuti a cena.

– Va bene. Allora ciao, ci si vede.
– Ciao.

La guardo allontanarsi verso il Bar Sport e sparire tra la folla. Mi sento strano.

Raggiungo l'Allegra Famiglia, che sta consultando il menu della sagra stampato sulle tovagliette di carta, e mi concentro sulla differenza tra pasticcio al forno e gnocchi al ragú. Il cielo commenta con uno scrollio di tuoni in lontananza.

Molte panche intorno a noi sono occupate da uomini che non parlano italiano. Tendo l'orecchio per capire se la loro lingua assomiglia a qualcosa che conosco, ma non mi sembra. Ridono, scherzano ad alta voce, si danno grandi pacche sulle spalle e sembra che si raccontino una quantità di barzellette. Sono vestiti con dei gilet verdi pieni di tasche, si direbbero dei pescatori.

– Buon appetito a tutta Dandelion! Le signore approvano il nostro menu, anche se non è cosí creativo? – Il papà di Simone, con Oddi al guinzaglio, viene a sedersi tra di noi.

La mamma e zia Magda gli sorridono ma non riescono a rispondergli, perché hanno la bocca piena di salsiccia e polenta. Si direbbe che approvino, dunque. Lui e papà cominciano a parlare di sagre e di organizzazioni e di tempo bello e brutto e tutto il solito bla bla degli adulti. Oddi si infila sotto il tavolo facendo la gimcana tra le gambe dei presenti e poi si sdraia. Sui miei piedi.

Resisto alla tentazione di sfilarglieli da sotto la pancia. Se è come il gatto della zia, comincerebbe subito a giocare alla caccia al topo afferrandomi i piedi con gli artigli. Magari anche con i denti. Meglio rimanere sotto la pelliccia e far finta di essere un sasso.

– ... vengono per i siluri, sono una vera attrazione.

I siluri? Improvvisamente, il discorso del papà di Simone riaccende il mio interesse. Sta parlando degli stranieri, quelli vestiti da pescatore. Dice che vengono dall'Ungheria.

– Gli ungheresi ne vanno pazzi. Non so come facciano: il pesce siluro ha una carne talmente stopposa e un sapore di fango... è immangiabile. Eppure loro si fanno chilometri e chilometri per venire fin qui a pescarlo, o addirittura a comprarlo dai nostri pescatori e portarselo via sotto ghiaccio. Sono disposti a pagare cifre incredibili per un buon siluro.

– Ma da loro non si trova? – chiede mio papà.

– Eccome se si trova! – risponde il papà di Simone. – Se dobbiamo dirla tutta, il pesce siluro viene proprio da lí. Non è un pesce delle nostre acque. Lo hanno portato nel nostro fiume negli anni sessanta, proprio per attirare i pescatori dell'Est. E quel bestione si è trovato talmente bene da noi che cresce, cresce, cresce... E cosí adesso qui li beccano piú grossi che a casa loro!

Non posso crederci. Ma allora esiste davvero? Il siluro, anche qui? Simone aveva ragione? Il pasticcio mi si fredda nel piatto.

– E comunque, – conclude il papà di Simone, – per come la penso io, potrebbero anche portarseli via tutti, e perfino gratis. Quelle bestie sono un autentico massacro per il fiume. Fanno fuori qualsiasi cosa con una voracità incredibile e raggiungono dimensioni impressionanti. Come se il fiume non avesse già abbastanza problemi, tra inquinamento e ladri di ghiaia! Gli ungheresi vengono ogni anno piú o meno in questo periodo, a seconda della luna. Purtroppo però, – e qui abbassa la voce e si sporge sul tavolo, – non sono amati da tutti. Certi pescatori, non quelli di mestiere ma quelli sportivi, li vogliono mandare via. Si inventano storie di tutti i tipi per infangare la reputazione degli ungheresi. Anche alla sagra, finisce sempre che qualcuno beve un po' troppo e li insulta e si scatenano le risse. E tutto perché? Perché i nostri pescatori della domenica si divertono a prendere pesci giganti, e non vogliono farseli portare via! Pensate che quando pescano un siluro, si fanno fare la foto in posa col bestione e poi... lo ributtano in acqua!

– Ma come... lo ributtano in acqua?! – chiedo, ormai completamente stregato dalla faccenda.

– Ma come, già, me lo chiedo anch'io. È addirittura proibito dalla legge ributtarlo in acqua. E invece quelli... *splash*! Cosí il nostro fiume non se ne disferà mai. E quindi, sapete cosa vi dico? Benvenuti gli ungheresi, salute!

Si gira verso un gruppo di pescatori che incrociano i bicchieri a brindare con lui. In quella, passa Simone e lui la arpiona per la vita. Mi accorgo adesso che Simone ha la gonna.

– Ehi! Dove corri, piccolina?

– Papà, hai mica visto... Sto cercando... – Scorre lo sguardo sul tavolo, finché mi vede. – Sto cercando te! – esclama decisa, balzando giú dalle ginocchia di suo padre.

Ho appena il tempo di notare che le Due Elle bisbigliano e ridacchiano. Non me ne importa niente. Tutta invidia.

– Vieni, presto! – Mi afferra per un braccio e contemporaneamente Oddi smette di covarmi i piedi e viene via con noi.

Capitolo diciottesimo

– Il biglietto! L'hai portato?

– Perché?

– Come perché? Non hai sentito? Hanno estratto il quindici! È il nostro numero! Dov'è il biglietto?

– Io...

– Non mi dire che l'hai perso. No no no, non è possibile. Senza biglietto non ci danno il premio!

– Mi lasci parlare un attimo? Uffa!

Le è successo qualcosa. È diversa. È piú... è piú femmina. Mi sento un idiota: per forza, è piú femmina di quando pensavo fosse un maschio! Ma no, c'è dell'altro. Ha qualcosa nel modo di fare che la fa assomigliare tantissimo a sua mamma, anche senza i capelli lunghi e le labbra da Penelope. Tipo quando mi guarda di traverso, o quando si mette le mani sui fianchi, come adesso.

– Ti lascio parlare, ma tu parla! Dove l'hai messo?

Dove l'ho messo? Nel fumetto di *Beck*. E il fumetto è nello zaino. All'ultimo momento ho deciso di prendere lo zaino con me, solo che...

– Oh, no. C'è un problema. Il biglietto è nel mio zaino, ma lo zaino... è rimasto sul ponte.

– Presto! Andiamo!

E partiamo a correre di nuovo, questa volta in direzione opposta e con Oddi come scorta. Incrociamo altri due furgoni di ungheresi che vanno in direzione del paese. Dobbiamo fare proprio un bel terzetto ai loro occhi: due forsennati trainati da un cane che tira il guinzaglio come un trattore. Sul ponte ovviamente lo zaino non c'è. Figurati se il Caimano me lo lasciava lí.

– Cos'avevi dentro?

– Due barrette al cioccolato, uno spartito del violoncello... e il fumetto di *Beck* con il biglietto.

Simone accende la torcia e passa il fascio di luce sulla sponda del fiume. – Se conosco il Caimano, giurerei che non si spreca a portarsi dietro un peso inutile. Se ne sarà liberato buttandolo... Infatti, eccolo!

Ha ragione: il giallo del mio zaino spicca alla base della scarpata dell'argine. Corro a prenderlo, scivolando sull'erba. Se solo il Caimano non si fosse accorto che nel fumetto c'è... Non se n'è accorto. Il fumetto è ancora lí e il biglietto anche.

– C'è perfino lo spartito. Invece mi sa che le barrette al cioccolato...

– Lascia perdere, dài. Abbiamo il biglietto, corriamo!

Oddi tira il guinzaglio, il guinzaglio è attaccato al mio braccio, al braccio in qualche modo rimango attaccato anch'io, ed eccoci di nuovo alla sagra in piazza. Fine della terza corsa campestre. Simone è una femmina che lascia senza fiato, questo è un fatto.

Abbiamo ritirato il pacchetto con la vincita: di sicuro non è una canna da pesca perché la scatola è piccola, tipo un cubetto delle costruzioni di Martina. Simone non vuole farsi vedere mentre lo spacchettiamo.

– Non conosci i pescatori. Sono degli invidiosi. Andiamo sul prato, dietro il campanile. Lí non ci vedrà nessuno.

La sua voce frigge di emozione. Anch'io devo dire che sono piuttosto curioso, anche se avrei preferito qualcosa di piú grande, tipo una nassa, una di quelle reti quadrate che si vedono appese sui canali. Con quelle sí che ne prendi, di pesce. Sarebbe stato bello vincere una nassa. Invece...

– Un filo di nylon?

– Fantastico! Fantastico!

– Simone, è un filo. Cosa ci trovi di fantastico in un filo?

– Non capisci? Ti ricordi quando il siluro ha abboccato e poi il filo si è spezzato sul piú bello? Non ha retto alla forza del pesce, si vede che pesava tantissimo e il filo non era della misura giusta per un siluro cosí grande. Guarda questo com'è grosso: con un filo di nylon cosí tiriamo su quintali di pesce. È fatta, è fatta. Il siluro è nostro!

E forse nemmeno la lenza potrebbe reggere alla forza di un pesce come lei se lo immagina, e neppure le nostre braccia che dovrebbero tirarlo fuori. Ma di sicuro non c'è obiezione che regga alla forza della sua immaginazione, per cui lo penso, ma non lo dico. Anche perché sono contento che Simone abbia detto *tiriamo*. *Tiriamo* vuol dire che siamo di nuovo in due.

Stavamo per uscire dall'ombra del campanile, quando abbiamo sentito degli strani suoni provenire dal retro della chiesa. Sembrava che qualcuno le stesse prendendo di santa ragione. Abbiamo stretto il guinzaglio di Oddi, siamo scivolati lungo il muro e con gli occhi ormai abituati all'oscurità abbiamo visto una scena assurda. C'era un tizio riverso a terra e tre che gli stavano addosso prendendolo a calci. Uno gli parlava in ungherese, gli altri due in italiano, accusandolo di qualcosa. Il tizio a terra rispondeva che non era stato lui, ma gli altri insistevano, e giú calci.

– È il Caimano, – ha detto Simone. – Quello a terra è il Caimano.

– Tre contro uno?

– Lo stanno accusando di tagliare le reti ai pescatori ungheresi per liberare i siluri –. Simone scuote la testa. – È impossibile. Il Caimano odia i siluri, non taglierebbe mai una rete degli ungheresi.

– Ma non si fa! Tre contro uno non si fa! È da vigliacchi!

Sono indignato. Non ho nessuna simpatia per il Caimano e non so se abbia a che fare con la storia delle reti, ma non posso sopportare di star lí a guardare la scena senza fare niente. Scatto in avanti, urlando:

– Ehi, voi! Fermi!

Nello stesso momento, Simone si china e bisbiglia qualcosa nell'orecchio di Oddi, poi sgancia il guinzaglio e lo lascia libero. Oddi parte come un missile telecomandato, annunciando il suo arrivo con un'esplosione di ringhi e latrati che fa rabbrividire. I tre non fanno in tempo a voltarsi per il mio urlo che Oddi è già sopra di loro. E poi non so cosa sia successo, perché sono scappati come pantegane dall'altro lato della chiesa, e non li abbiamo visti piú. Oddi è sparito dietro di loro ringhiando come se avesse la mandibola stretta su qualcosa, e poco dopo è tornato da noi con la lingua penzoloni e l'espressione soddisfatta. Simone lo ha riempito di coccole e complimenti in francese, poi siamo tornati di corsa alle luci della sagra, confondendoci tra la folla, e abbiamo nascosto Oddi sotto il tavolo dell'Allegra Famiglia. Il Caimano è riapparso poco dopo, malconcio ma vivo. Non so se ci avesse riconosciuto.

Il temporale ora è proprio vicino. I tuoni non sono piú dei gargarismi lontani, ma schiantano il cielo con dei ruggiti che coprono anche la musica della sagra. I lampi hanno lasciato il posto a fulmini freddi e nervosi. Ancora non piove, ma la gente comincia ad andare via. Martina frigna, un po' per il sonno e un po' per la paura dei tuoni, cosí anche l'Allegra Famiglia decide di tornare a casa. Io ho la scusa che in macchina non ci sto.

– Non preoccupatevi per Dario, andate pure, – dice il papà di Simone. – Torno io con i ragazzi.

– Mi raccomando, – mi dice la mamma, con il suo solito tono che chiude tutte le frasi in una. – Ti lasciamo il cancello aperto.

– Mi lasci i soldi per un gelato? – le chiedo. Poi guardo le Due Elle dritto negli occhi e sorrido angelico. – Anzi, per due?

Rodete di invidia, gallinelle.

Oddi è difficile da nascondere e non è molto prudente rischiare che lo riconoscano. Per di piú, appena usciti da BluFreddo con i coni gelato, si è alzato un vento pungente che ci fa rabbrividire insieme al fiordilatte. Il papà di Simone però sta giocando a carte al Bar Sport: ha appena cominciato una partita che andrà per le lunghe.

– Papà, noi vorremmo andare a casa, – gli dice Simone.

– Cosí presto? Non volete un altro gelato?

– No, grazie. Fa un po' freddo adesso. Ma andiamo da soli, non preoccuparti, non ci succede nulla. Portiamo anche Oddi con noi.

– Allora va bene: con Oddi siete al sicuro, sto tranquillo. Asso, questa è mia!

Prima, quando l'abbiamo fatta di corsa per recuperare lo zaino, la strada non mi era sembrata cosí buia. E neppure cosí lunga. Oddi non tira piú il guinzaglio, ma ci segue al passo, come se neppure lui avesse tanta voglia di camminare nell'oscurità. I lampioni sono pochi, e fiochi.

Simone parla a mitraglietta, elencando tutte le cose meravigliose che farà con il nuovo filo di nylon. E cosí scopro una cosa sul conto della mia Signorina Quattroparole: quando ha paura, parla. Sembra che l'elettricità dell'aria le si trasferisca addosso. Dice che è perfetto che venga il temporale proprio stanotte, perché la pioggia fa muovere l'acqua e cosí l'acqua si ossigena e il pesce si sveglia e va a caccia di cibo. Dice che anche la luna è perfetta: è calante, ideale per il siluro. Dice che se domani il cielo è coperto, possiamo stare sicuri di prenderlo. – L'unica cosa che non va bene è la luce del giorno. Di giorno è difficile che abbocchino. Dovremmo tornarci di notte. Non ci permetteranno mai di star fuori la notte, vero? Nemmeno con Oddi al seguito. Dobbiamo trovare una soluzione.

Mentre parla, passiamo davanti al punto dove mi sono infilato nel bosco, il giorno della mia fuga. Di colpo mi ricordo della lapide! Non ne abbiamo mai piú parlato. – Simone, ti ricordi la lap...

Non riesco a finire la frase perché le dighe del cielo si aprono tutte d'un colpo. Si mette a piovere con uno scroscio cosí forte e improvviso che sembra sia caduto giú un sipario d'acqua. Nel giro di qualche secondo siamo completamente zuppi, sia noi che Oddi, che comunque ogni tre passi si scrolla. Addosso a noi.

– Cosa dicevi? – mi urla Simone. È difficile perfino sentire le voci sotto questo scroscio.

– Niente, ti dico dopo. Andiamo a casa!

Il fiume è pieno di lentiggini. Le gocce bersagliano l'acqua a raffiche incalzanti, e mentre passiamo sul ponte ho la sensazione che potremmo scioglierci e scivolare tra le assi di legno anche noi. Diventare acqua di fiume confusa con la pioggia. Quando raggiungiamo la Madonnina, le gocce si trasformano in pasticche dure e fredde: grandina! I chicchi di grandine rimbalzano come folletti in mezzo all'erba. Ma sulla testa cominciano a fare male, ci mettiamo di nuovo a correre.

Arrivata al cancello di casa, Simone mi saluta senza fermarsi, cercando di sovrastare il chiasso della grandine. – A domani! Appuntamento col siluro!

– A domani!

Quando arrivo sotto il portico mi fermo un attimo a sgocciolare come un ombrello. Quindi ci vediamo domani?

Scommetto che nemmeno tu riusciresti a dormire, dopo una giornata del genere. Prima, ore a sprofondare nella palude della noia. E poi una raffica di colpi di scena, uno dietro l'altro come fuochi d'artificio. Sembrava di essere in una delle tue *Suites inglesi* dove i movimenti delle note si rincorrono come onde. Se chiudo gli occhi, mi saettano in testa rapidissimi frammenti di immagini: il Caimano con il sangue al naso, Simone che mi urla di correre, gli ungheresi che ridono, la bici bucata, Oddi sui miei piedi, il biglietto numero quindici, Simone sotto la pioggia, i siluri sotto ghiaccio...

I siluri sotto ghiaccio. E se davvero con quel filo di nylon riuscissimo a prenderne uno bello grosso? Anche fosse, la lenza non reggerebbe.

Però si potrebbe attaccare il filo a qualcos'altro, qualcosa che sia piú resistente della lenza, qualcosa che tenga bene anche se il siluro tira. Qualcosa tipo... Mi viene un'idea. Una luminosa, geniale, impareggiabile idea.

Capitolo diciannovesimo

Una volta papà mi aveva proposto di fare insieme un laboratorio di bicicletta: doveva insegnarmi a smontarla, riconoscere i vari pezzi, trovare i guasti e ripararli. Non ho mai imparato a ripararli, perché poco dopo è nata Martina e abbiamo interrotto il laboratorio. Ma a smontare i pezzi sono un campione.

– Ti dico che funziona.

Simone mi guarda dubbiosa. Ho cercato di spiegarle l'idea a parole, ma credo che se gliela faccio vedere è molto meglio. Per il momento però è ancora un'idea tutta a pezzetti: ho smontato la ruota, estratto la camera d'aria e sbullonato il carter, e ora con delicatezza estraggo la catena perché mi serve la corona dei cambi.

– È un metodo di pesca un po' strano.

– Fidati. Ammetterai che merita una prova, almeno.

Questa notte ho progettato tutto nei minimi dettagli. Mentre non riuscivo a dormire, ho ripassato la sequenza delle cose da fare talmente tante volte che adesso potrei eseguirla a occhi chiusi.

Simone guarda la bicicletta con perplessità, come se fosse di fronte a un animale sezionato.
– Ma poi sei capace anche di rimontarla?

– Piú o meno. Prendi il filo di nylon, dài. Andiamo alla spiaggia.

Il mio piano è semplicissimo: al posto della canna da pesca, useremo la camera d'aria della bici. Con la corona dei cambi bloccheremo il filo. Quando il siluro abboccherà e comincerà a tirare e strattonare il filo, la camera d'aria che è elastica gli farà resistenza finché non avrà perso le forze. Cosí l'esca può rimanere lí anche tutta la notte, senza che dobbiamo per forza esserci anche noi.

Abbiamo annodato la camera d'aria attorno al tronco di un salice e le abbiamo attaccato il filo di nylon con l'amo. Simone ha preparato l'esca con i vermi: ne ha messi cosí tanti, tutti aggrovigliati insieme, che alla fine sembrava ci fosse un polpo attaccato all'amo. Poi abbiamo mimetizzato la camera d'aria: nessuno, né dal fiume né dalla riva opposta del canale si sarebbe mai potuto accorgere che lí era posizionata una perfetta trappola per siluri.

– Allora hai cambiato idea? – mi ha chiesto Simone quando abbiamo finito il lavoro.

– Di cosa parli?

– Hai deciso che puoi lo stesso pescare il siluro con me? Anche se sono... una *femmina*?

Ha detto quest'ultima parola con un tono di disprezzo, facendomi il verso. Un po' mi stava prendendo in giro, ma un po' era seria. Non avevamo piú parlato di quello che era successo. Avrei preferito continuare a non parlarne, perché mi sentivo in imbarazzo, non sapevo cosa risponderle.

Non avevo voglia di litigare di nuovo. Ho pensato a Bach: cosa le avrebbe risposto Johann Sebastian? Secondo me si sarebbe messo a ridere. – Ah, scusa, è vero. Per un attimo mi ero dimenticato che sei una femmina. Poverina...

Mi ha tirato una manciata di sabbia in faccia.

– Ehi! – Gliel'ho restituita, ma l'ho mancata perché lei mi ha scartato velocissima, ridendo. Poi però l'ho colpita. E lei ha colpito me. E io lei. E cosí per un pezzo, alla fine eravamo completamente insabbiati, come due cotolette pronte per la frittura.

– Ci vorrebbe un bagno, – ho detto, guardando senza nessun desiderio l'acqua torbida del canale.

– Andiamo alla Lanca della Maga. Io so nuotare. È l'unica bugia che ti ho detto.

Stavo per dire «lo so», ma mi sono morso la lingua appena in tempo. Il ricordo di Simone che esce dalla Lanca in bikini mentre io la spio da dietro il salice mi ha colpito come uno schiaffo e sono diventato rosso fino alla radice dei capelli.

Simone non se ne è accorta perché era già lanciata in un nuovo progetto. – Sai cosa potremmo fare? Invece di andare alla Lanca a piedi, facendo tutto quel giro, ci andiamo in canoa! Attraversiamo il fiume! Poi la lasciamo sulla riva e ci arriviamo in un attimo.

Toccava a me adesso farle la frecciatina. – Quindi hai cambiato idea? Hai deciso che posso di nuovo mettere piede sulla tua canoa?

Mi ha fulminato con uno dei suoi sguardi a coda di pesce. – Sempre che tu sia capace di tenere il ritmo con la pagaia...

L'abbiamo divisa in due tappe: prima fino all'altra riva del canale e poi la traversata del fiume vera e propria. Non ero sicuro che ce l'avremmo fatta, perché non avevo idea di quanto fosse forte la corrente del fiume. Sul canale l'acqua è lentissima, ma il fiume... il fiume è un'altra cosa. Ho fatto affidamento sul ponte: se anche la corrente ci avesse trascinato via, ci avrebbero comunque fermati le barche del ponte.

La canoa galleggia silenziosa lungo la corrente. Simone infila dolcemente la pagaia in acqua e io cerco di imitare i suoi movimenti. Metro dopo metro, tagliamo il fiume di traverso come una cucitura tra le due sponde. Ce la stiamo facendo! È una soddisfazione incredibile sentire come scivola veloce la canoa, adesso che spingiamo in due. È un po' come quando il violoncello suona insieme a un pianoforte: due strumenti, una sola musica. Fatta di qualcosa che uno strumento solo non riuscirebbe a...

– Ehi, Saverio! Guardaci!

Stiamo quasi arrivando alla sponda destra, non manca molto. La casa galleggiante di Saverio è poco piú su, ma lui non c'è, oppure non ci sente.

– Lo chiamo io, – dico. – Ho la voce piú forte. Saverio!

L'entusiasmo per essere quasi riusciti a fare la traversata mi dà alla testa come un boccale di birra. Metto le mani a imbuto davanti alla bocca e senza pensarci mi alzo in piedi. Un po' troppo bruscamente...

Simone me l'aveva detto. Mi aveva detto che l'unica cosa da non fare in canoa sono gli spostamenti improvvisi. Ed è meglio non mettersi in piedi se non si ha un ottimo equilibrio perché si potrebbe...

SPLASH!

Mi catapulto in acqua. Il freddo del fiume mi abbraccia come una ragnatela di tentacoli e per qualche frammento di secondo vado sotto con la testa. Il tempo di rendermi conto che sono a mollo nei veleni tossici di qualche centrale di vernici, e che potrei venire risucchiato da un mulinello di corrente in fondo al quale un esercito di ratti mi aspetta per prendermi a morsi.

Tiro immediatamente fuori la testa. – Che schifo! Tirami su! I ratti! I veleni!

Simone è scoppiata a ridere come una matta. Non l'ho mai sentita ridere cosí, non riesce quasi a prendere fiato. Non so come abbia fatto a rimanere a bordo, forse perché si è accucciata di colpo proprio mentre io perdevo l'equilibrio ed è riuscita a non far cappottare la canoa.

– Non c'è niente da ridere! – annaspo, cercando un appiglio qualunque sul bordo della canoa ma lei mi allontana con la pagaia.

– No no no no! – esclama, tra una risata e l'altra. – Non ti appoggiare al bordo, altrimenti la ribalti! Afferrati alla coda della canoa e batti i piedi, cosí mi aiuti a...

Tutto a un tratto, Simone smette di ridere e fa una strana faccia sbigottita. Guarda fisso qualcosa alle mie spalle. Qualcosa che scende con la corrente. – E quello cos'è...

Muovendo le gambe freneticamente a rana riesco a tenere le spalle fuori dall'acqua, ma ci metto un po' per riuscire a voltarmi. E quando mi volto, quello che vedo mi getta nel panico. A pochi metri da me c'è un cadavere, a pancia in alto, con la pelle grigia gonfia d'acqua, che galleggia tranquillamente verso di noi. Il seguito succede in un attimo. Lancio un urlo tale da svegliare tutti gli abitanti delle galassie e senza pensarci due volte mi aggrappo spasmodicamente al bordo della canoa, che però cede alla pressione delle mie mani e prima che Simone riesca a gridare «Noooo!» la canoa si rovescia e anche lei finisce in acqua. Il cadavere galleggiante mi viene addosso, è molle e ghiacciato, e ha quattro zampe rigide tese verso l'alto. Non smetto di urlare, non me ne importa nulla di finire con la testa sott'acqua, sono disposto anche a farmi la tisana con l'acqua del fiume pur di allontanare da me questo corpo marcio e mostruoso che sembra volermi abbracciare, non si stacca da me, scalcio e lo faccio ruotare su se stesso ora mi sta addosso con la testa che schifo che schifo. La testa è di un maiale. Tutto il corpo è di un maiale. Sono stato investito dalla carogna di un maiale a zampe all'aria. Forse morirò di disgusto.

Ma Simone sembra avere un altro programma per il futuro. – Afferra la canoa, – mi ordina. – Mentre io mi occupo di...

Lo sforzo le tronca la voce. Sta usando la pagaia per spingere la mostruosa carogna lontano da noi. Riesce a spostarlo un po', finché il maiale cozza contro la coda della canoa, rimbalza un paio di volte, poi finalmente scivola di lato e riprende la sua crociera di piacere sul fiume.

Con pochi colpi di gambe io e Simone rimorchiamo la canoa sulla riva destra. Per fortuna non eravamo distanti, ma uscire dal fiume è peggio che nuotarci dentro. Non sopporto di affondare i piedi nella melma. Comunque in questo momento qualunque cosa sarebbe meglio che sentirsi addosso la spinta di quel maiale freddo e livido. Se ci penso mi viene la pelle d'oca.

Mettiamo in sicurezza la canoa e ci sdraiamo sulla sabbia asciutta con il fiato corto. Mi rialzo quasi subito per guardare dov'è finito il maiale galleggiante.

Cerco con gli occhi lungo la corrente. Non c'è traccia del maiale. Strano. La corrente non è forte, dovrebbe essere ancora in vista. E poi sporgeva parecchio dalla superficie dell'acqua, soprattutto le zampe, a baldacchino verso il cielo. Invece niente. È vero che abbiamo la luce contro, ma...

– È stato lui, – conclude Simone, dopo aver setacciato anche lei il fiume con lo sguardo e senza risultato.

– Lui chi?

– Il siluro. È qui. Lo ha preso lui.

Ha di nuovo quello sguardo spiritato dell'altro giorno, quando si è spezzato il filo della lenza.

– Dài, è impossibile, – sussurro. – Un pesce non è la piovra gigante. Non può portarsi via un maiale intero!

– Tu non sai niente, – mi dice, con aria di

sfida. – Hanno tirato fuori certi siluri che in pancia avevano perfino delle oche. Cosí, neanche masticate, con le piume e tutto.

Non le dico che un'oca non è un maiale. Non serve a niente contraddirla, quando ha quello sguardo lí. Le brillano gli occhi, mentre guarda la calma del fiume. – Dobbiamo aspettare la luna giusta. È qui. Ha fame. Questa volta lo becchiamo.

– Va bene. Ma adesso andiamo alla Lanca della Maga a toglierci di dosso l'odore di quest'acqua, prima che le sue schifezze ci si asciughino addosso. Se mia mamma mi trova in questo stato, altro che siluro.

– Aiutami a portare la canoa dietro quei rovi, cosí non rimane in vista. Che fortuna, non abbiamo perso le scarpe quando si è rovesciata: sono rimaste incastrate sotto alla panchetta. Forse saranno un po' bagnate...

Capitolo ventesimo

La Lanca della Maga è ancora piú bella di quello che mi era sembrato.

Dalla riva dove abbiamo lasciato la canoa ci abbiamo messo pochi minuti a raggiungerla. Simone ha seguito un sentiero invisibile, ma che doveva conoscere bene perché sapeva esattamente quali arbusti spostare e su quali sassi mettere i piedi. L'ho seguita in mezzo ai rovi e alle liane delle zucche selvatiche, ascoltando il rumore delle scarpe da ginnastica che squittivano imbevute d'acqua.

Quando la boscaglia si è improvvisamente aperta sulla Lanca, ho capito perché l'altro giorno mi era sembrato che Simone nuotasse in un prato: la Lanca della Maga è interamente coperta da un tappeto di lenticchie d'acqua! Hanno un colore verde cosí brillante che fa quasi male agli occhi. Per di piú, sopra le lenticchie d'acqua volano nuvole di libellule azzurre, che tingono l'aria di un colore metallico. Uno stormo di anatre selvatiche prende il volo nel silenzio che circonda il nostro arrivo. C'è qualcosa nell'aria... non so. C'è silenzio, eppure è l'immagine stessa che sembra una musica.

– Che posto... – sussurro.

– Si va?

Ho la sensazione che entrare in acqua spezzi una specie di incantesimo. Ma forse è solo la suggestione del nome e della storia che mi ha raccontato Simone. Comunque lei nel frattempo non ha aspettato una risposta, ed è entrata in acqua con i vestiti.

Io ho una domanda che mastico in bocca, senza riuscire a deglutirla. Intanto mi tuffo dietro a lei. L'acqua è sorprendentemente fresca, per essere poco piú di uno stagno, e anche abbastanza limpida. Riemergiamo entrambi coperti di lenticchie d'acqua, verdi come due ramarri. Simone parte in nuotata solitaria, mentre io mi sciacquo nervosamente capelli, faccia e orecchie. Sento la sabbia dappertutto. Mi tolgo la maglietta e cerco di lavarla alla meno peggio. Non mi volto, nel caso Simone voglia fare lo stesso. Lei a dire il vero non ha piú la sua solita maglietta larga: porta una canottiera rosa aderente e... e... e io non so come ho fatto a prenderla per un maschio. La domanda che avevo in gola adesso comincia a bruciarmi le labbra.

– Dario, vieni a vedere! C'è la tana di un rospo!

Attraverso a nuoto la prateria di lenticchie fino al lato opposto della Lanca, dove Simone è accucciata vicino a un mucchietto di terra smossa. Mi indica un buco con un bastoncino, ma del rospo non c'è traccia. Ci sdraiamo sull'erba ad aspettare ed è lí che la domanda salta fuori.

– Perché hai fatto finta di essere un maschio?

Glielo chiedo senza guardarla, con gli occhi al cielo. E lei fa lo stesso.

– All'inizio non l'ho fatto apposta. Sei stato tu. Hai pensato che fossi un maschio, e questo mi divertiva. Lo davi per scontato. Volevo solo vedere quanto ci mettevi ad accorgerti che non era cosí. Poi però... mi hai fatto tutto quel discorso sulle tue sorelle e sulle femmine... e ho pensato che se ti avessi detto la verità non avresti piú voluto venire con me al fiume. E...

– E?

– E niente! Eri l'unico con cui si poteva fare qualcosa di interessante da queste parti, era stupido rinunciare per colpa di una matassina di idee ingarbugliate sui maschi e le femmine! Cosí ho semplicemente lasciato che tu continuassi a crederlo.

– Hai fatto finta di essere un maschio perché ti sentivi sola?

Ridacchia e mi punta un dito addosso.

– No, l'ho fatto perché *tu* ti sentivi solo. Mi

facevi pena! – Si stringe nelle spalle. – Dovresti ringraziarmi. Tu non saresti mai venuto a cercarmi se avessi saputo che ero una femmina. Te ne saresti rimasto a Dandelion a lamentarti e non avresti mai saputo che esisteva un posto come la Lanca della Maga. Non saresti andato in canoa. Non avresti vinto alla lotteria. Non avresti fatto amicizia con il cadavere di un maiale. Non avresti neppure mai visto un siluro!

– Se è per questo, continuo a non averlo visto.

Simone scoppia in un'altra risata. Oggi è proprio allegra.

– È solo questione di tempo, fratellone!

E invece il cadavere del maiale non era finito in pasto al siluro. Era destino che le nostre vite si incrociassero di nuovo. Mentre correvamo verso casa, come al solito in ritardo, l'abbiamo rivisto. Si era incagliato tra due barche del ponte. Pensavo che Simone ci sarebbe rimasta male, perché questo voleva dire che le sue previsioni erano sbagliate, che non era un segno della presenza del siluro. Invece le si è di nuovo accesa quella luce negli occhi.

– Dobbiamo prenderlo.

– Sei matta? È un cadavere. Una carogna. Una carcassa. Hai presente?

– La gente butta in fiume gli animali morti, come se il fiume fosse la loro pattumiera di casa. Li buttano in acqua e via. Pensano: se io non lo vedo, vuol dire che non esiste piú! Non è piú un mio problema! Sono loro i matti, non io –. Dice tutto questo scuotendo la testa, ma nello stesso tempo ha recuperato dietro la Madonnina due lunghi rami di sambuco e me ne ha consegnato uno. – Tu lo infilzi a destra, io a sinistra. Lo trasciniamo verso la riva camminando sul ponte. Dobbiamo solo stare attenti quando si disincaglia, che la corrente non ce lo porti via.

– Ma mi vuoi dire cosa ce ne facciamo? Te lo vuoi mettere sul comodino? O vuoi sistemarlo sul divano di Dandelion e fargli ascoltare i dischi di Bach?

– Pensano che l'acqua si porti via tutto come fa il camion dell'immondizia. Ma il fiume non è una discarica. Il fiume è una cosa viva. E se gli butti dentro qualcosa, la vita si attacca dove può. Ecco, adesso cammina verso riva spingendo un po' il ramo verso il basso. Attento a non fartelo scappare. Tienilo bloccato contro la sabbia, mentre io scendo a recuperarlo.

L'ha fatto davvero. È scesa sull'erba dell'argine ed è entrata in acqua con le scarpe fino al ginocchio. Poi, aiutandosi con il ramo, ha spinto a pedate il maiale contro la riva. È una femmina, ma in certi momenti me lo devo ripetere piú volte per crederci.

– Vieni ad aiutarmi!

Non potevo mica lasciarla lí. Al tramonto,

con i piedi nel fango, a prendere a pedate un cadavere. Ho sperato che nessuno dell'Allegra Famiglia avesse la cattiva idea di passare sul ponte in quel momento, magari per venire a chiamarmi, e sono sceso in acqua con lei. Mi sono riproposto di non guardare il muso di quell'ammasso di carne grigia e gonfia, ma era talmente orrendo che era difficile distogliere lo sguardo del tutto. A forza di spintoni siamo riusciti a farlo approdare a riva.

Simone l'ha girato su un fianco. Ho trattenuto un gemito di raccapriccio. Il dorso del maiale, che prima era immerso nell'acqua, era interamente ricoperto da minuscoli animaletti brulicanti.

– Che... che cos'è questa roba? Larve?

– No. Gamberetti di acqua dolce. Pensa che una volta la gente li pescava cosí, buttando in mare le carogne e aspettando che si attaccassero sotto. Pare che siano una delizia.

– Ah. Eh. Interessante. E tu adesso li raccogli. Ottimo.

Ha grattato il dorso del maiale con il ramo di sambuco finché è riuscita a staccare la maggior parte dei gamberetti e li ha raccolti in un sacchetto di plastica che aveva in tasca. Non riuscivo a toglierle gli occhi di dosso. Ma perché una cosí è capitata *a me*? – È giusto ora di cena. Immagino che tu voglia suggerire a mia mamma una nuova ricetta di Cucina Creativa.

– Non essere scemo. Il fiume adesso è troppo inquinato, non potremmo mai mangiarli. Non noi. Ma magari il siluro sí! – ha aggiunto con aria trionfante, dondolando il sacchetto sotto il mio naso, come un trofeo. – Questi sono per lui! Domani gli prepariamo un pasticcino succulento.

Ho saltato la cena perché sono rincasato a Dandelion troppo tardi. Nessun problema. Non avevo fame.

Capitolo ventunesimo

Mi giro e rigiro nel letto, pensando al pesce siluro. Secondo i calcoli di Simone, la luna giusta sarebbe quella di domani: calante e all'ultimo quarto. Lei dice che abbiamo fatto comunque bene a mettere l'esca un giorno in anticipo, cosí intanto il pesce si abitua e prende confidenza. Chiudo gli occhi per dormire, ma non posso fare a meno di immaginare il filo di nylon che si tende e la camera d'aria che rimbalza come un elastico contro il tronco del salice.

Domani gli porteremo i gamberetti. Domani attaccheremo un'altra esca. Domani sarà la luna giusta. Domani non arriva mai! Sbuffo e mi giro verso Johann Sebastian Bach. Mi tiene sempre d'occhio. Ma questa volta ho l'impressione di leggergli in faccia l'ombra di un sorriso. Cosa mi stai suggerendo? No, non essere incosciente. Non posso uscire di notte. Come, *non è notte*! Guarda fuori, Johann Sebastian, è buio fitto! Dici che sono le cinque? Che tra poco spunta il sole? Che praticamente è giorno? Che potrei andare al fiume a fare due passi, giusto prima dell'alba? Che comunque di mattina a Dandelion c'è talmente tanta confusione che nessuno si accorgerà della mia assenza? Non posso, Johann Sebastian: il cancello elettrico di notte è bloccato. La rete?

Ho trovato le tenaglie nel cassetto dei fiammiferi. Non dovrebbe essere difficile aprire la rete con queste. Speriamo che Oddi sia legato. Il fil di ferro si piega facilmente sotto le tenaglie, due losanghe sono già smontate, se ne faccio una decina passo di là. Invece no, Oddi non è legato. È già qui che mi lecca le mani. Speriamo che non si metta ad abbaiare, altrimenti sveglia tutta l'Allegra Famiglia.

– Cosa fai?

L'ha detto sussurrando, ma mi ha fatto fare un salto di spavento. Tutto concentrato ad aprire la rete, non l'ho sentita arrivare. E quasi non la riconosco. Simone è in piedi accanto a Oddi, in camicia da notte rosa. Ha i capelli perfettamente pettinati con la riga in parte e fissati con due fermaglietti. Emana un profumo di fragola e vaniglia. Sembra uno degli angioletti dipinti della Madonnina e io rimango a guardarla a bocca aperta, come se davvero mi trovassi davanti a un'apparizione.

– Vuoi portare Oddi da voi a Dandelion?

– No... io... Ma tu, cosa hai...? – indico la sua testa e lei si affretta a togliere i fermagli e a scompigliare i capelli. Una ciocca le si arriccia sullo zigomo.

– Dici i capelli? Niente, è un accordo con mia mamma. Le concedo di pettinarmi tutte le sere a patto di lasciare che io mi spettini tutte le mattine. Anche tu non riuscivi a dormire? O stai dormendo adesso?

In effetti sono rimasto lí imbambolato con le tenaglie a mezz'aria. Devo avere veramente una faccia da idiota. Ma piú la guardo, piú mi sembra di non averla mai vista prima. È che... Non so come dirlo. La camicia da notte, la vaniglia, i fermagli. È cosí... Non ho mai visto quella Penelope Comesichiama quando aveva la mia età, ma sono sicuro che...

– Dario? Ti ho chiesto se andiamo giú al fiume.

– Eh? Al fiume? Sí, andiamo al fiume. Al fiume, – ripeto, come un automa, smontando altre tre losanghe. – Era questo che stavo facendo. Andavo al fiume. Passavo dal tuo cancello perché il nostro è chiuso. Andiamo al fiume. E tu ti vesti o... o vieni cosí?

È ancora buio. Forse Bach non sa leggere l'ora, forse non erano proprio le cinque. La strada di ghiaia che corre lungo l'argine ha l'aspetto di un nastro sospeso nel vento. La luce dei lampioni della strada principale è fioca come il lumino acceso sulla Madonnina. Appena ci allontaniamo dall'asfalto, sentiamo piú forte la presenza del fiume alla nostra destra: è una massa scura e indistinta, un essere primordiale che mormora antichi scongiuri. Si intuisce piú che vedersi. Il quarto di luna forse è meno di un quarto, o forse il cielo è nuvoloso, perché non c'è un'ombra che sia meno ombra delle altre. A malapena riesco a vedere la schiena di Simone davanti a me. Per fortuna si è messa una maglietta bianca, cosí almeno al buio... Però si è messa una maglietta di quelle corte che lasciano scoperta la pancia, non c'è molto bianco da seguire.

Comunque il nostro arrivo sull'argine non passa inosservato. Invisibili uccelli notturni si trasmettono messaggi che sicuramente ci riguardano, lanciandosi richiami da un ramo all'altro. Qualcosa cigola sul ponte alle nostre spalle. Tutta la scena ha un'aria irreale e misteriosa.

Per fortuna abbiamo portato Oddi con noi.

Lungo il sentiero, Simone si ferma a raccogliere delle more. Non capisco perché abbia voglia di perdere tempo a raccogliere more, al buio, e proprio in questo momento. Lei parla sottovoce ma parla in continuazione, dicendo che è straordinario quante more siano maturate da un giorno all'altro e che ieri non se n'era accorta e che se ci fossimo portati un cestello avremmo potuto fare provvista cosí per merenda ci sarebbero state more con zucchero e limone... Parla troppo, segno che nemmeno lei si sente molto tranquilla.

Quando arriviamo alla spiaggia, sta ancora parlando delle more. Le prendo la torcia di mano e la accendo io. Investita da questo occhio di luce fredda, la nostra spiaggia sembra terribilmente spettrale. Punto la torcia verso il salice dov'è legata la camera d'aria. Simone non parla piú. Nel silenzio, i rumori tra le canne e i sussulti dei rovi prendono significati inquietanti. Faccio scorrere il fascio di luce lungo il filo che tira verso l'acqua. È teso. E immobile. Esattamente come quando lo abbiamo lasciato.

– Mi sembra che la camera d'aria si sia allungata. Andiamo a vedere da vicino.

È vero. La camera d'aria è allungata, tesa in orizzontale. Qualcosa la tira? Ma non c'è nessun movimento visibile. Simone afferra il filo di nylon e lo trae delicatamente a sé. E a quel punto si scatena il caos. Un tuffo, uno schiocco, un concerto di tonfi e di schiaffi rapidi e furiosi sull'acqua del canale. Il filo sfugge alle mani di Simone, la camera d'aria si allunga di botto come una gomma da masticare. Qualunque cosa sia ha una forza mostruosa! Simone ha quasi perso l'equilibrio per lo strappo improvviso ma prontamente riacchiappa il filo e

tira, tira, tira ma là nell'acqua la cosa tira piú forte di lei. Mi precipito ad aiutarla, mi piazzo alle sue spalle, pianto i talloni per terra e tendo le braccia sulle sue, afferrando il filo e tirando piú che posso.

D'un tratto penso che cosí la sto *abbracciando*.

Simone deve aver percepito la mia esitazione, perché urla: – Tira Dario tira cosa fai non mollare tira!

Al diavolo gli abbracci. Stiamo pescando un siluro! Tiro con tutte le mie forze.

Mentre siamo incurvati come due parentesi, con le lacrime agli occhi per lo sforzo e probabilmente poche, pochissime possibilità di farcela, sentiamo un pesante galoppo alle nostre spalle. Chi è? Girarci vorrebbe dire mollare tutto. Penso a Oddi, ma con la coda dell'occhio l'ho appena visto zampe nell'acqua che insegue un'alga. Non ho il tempo di fare altre supposizioni: mi sento spingere di fianco, Simone viene spinta dall'altra parte, e una sagoma scura si aggrappa al filo come se fosse la funicolare per il paradiso. È il Caimano! Io e Simone siamo caduti a terra, non so se piú per la fatica o piú per la sorpresa, e ci siamo guardati a bocca aperta: il Caimano? Arrivato di corsa? Ad *aiutarci*?

Ora sta tirando e mollando il filo, come se concedesse spazio al pesce per poi riprenderselo all'improvviso. Quei gesti cosí sicuri stonano incredibilmente con la sua solita goffaggine. Sembra che in vita sua non abbia fatto altro che pescare siluri.

Ci rialziamo e ci mettiamo ai suoi lati, tirando e mollando quando lo fa lui. Il Caimano grugnisce qualcosa che potrebbe assomigliare a: – È stanco.

Ci credo! Avrà fatto lo yo-yo con la camera d'aria tutta la notte! Il mio piano ha funzionato. Sono fiero di me.

Giochiamo a tiramolla con il pesce per un po', finché il Caimano dà un tiro piú forte degli altri e la superficie dell'acqua si increspa come se un sommergibile la sfiorasse da sotto.

– Ce l'abbiamo. Tieni qua.

Ci affida il filo ed entra nel canale. Affonda le braccia in acqua e tira fuori il piú grande, il piú orribile, il piú disgustoso pesce che io abbia mai visto.

Impercettibilmente, il cielo ha cominciato a virare verso il blu. Ora gli alberi sulle rive hanno un profilo piú netto e l'acqua rimanda bagliori azzurrati. Noi tre siamo fermi sulla riva a guardare il pesce.

È un siluro. È enorme. È ributtante. La luce dell'alba si spalma sulla sua pelle viscida color fango e rimbalza a ogni sussulto del corpo. Gli occhi sono minuscoli, due spilli affondati nella carne. Ma è soprattutto la bocca che fa impressione. È larga come tutto il corpo, e ha veramente la forma di una tagliola, con due labbra enormi. Quando è spalancata sembra una voragine che ti risucchia nelle viscere del mostro. All'interno si intravede una lingua giallastra gelatinosa, ma non capisco dove siano i denti. Da sopra e sotto la bocca spalancata spiovono quattro baffi lunghi, raccapriccianti. Il corpo si muove sulla sabbia come quello di un serpente, via via sempre piú debolmente. Non so quanto sia lungo, ma di sicuro piú di me.

Il Caimano lo guarda a braccia incrociate, con un lungo fischio tra i denti. Si direbbe che nemmeno lui si capaciti di quello che abbiamo fatto.
– Bene, stronzetto. Adesso siamo pari. Servizio reso. Che intenzione avete con questa roba?

Simone ha l'aria completamente scombussolata. Sulla sua faccia si alternano la sorpresa, il trionfo e il disgusto. Ma c'è anche un'ombra di sofferenza, come se non sopportasse di vedere il pesce boccheggiare. Credo che la mia faccia sia la stessa.

– Io... adesso, non so... veramente non ci ho pensato, – mormora Simone, smarrita. – Ho pensato solo a pescarlo. Cosa ne facciamo adesso?

Tutti e due guardiamo il Caimano. È chiaro che da soli non riusciremmo a fare niente. Il Caimano sbuffa.

– Lo sapevo che eravate due piscialletto. Piscialletto e imbecilli!

Non mi interessa che sia grande e grosso, e che ci abbia appena aiutato a tirare a riva il mostro: non può permettersi di darci degli imbecilli, dopo che gli abbiamo salvato la pelle alla sagra e siamo anche riusciti a far abboccare un siluro.

– Adesso lo portiamo da Saverio, – dico, con il tono sicuro di chi ha già studiato il progetto nei minimi particolari. – Lo infiliamo in quel telone da camion, lo carichiamo sulla canoa e lo portiamo da Saverio.

Il Caimano ha fatto rimbalzare lo sguardo da me a Simone, e da Simone a me. Non capiva se dicevamo sul serio. Di colpo, ha afferrato il siluro con entrambe le braccia, come fosse una sposina novella, e l'ha trasportato fino al telone. L'ha avvolto dentro, lo ha caricato sulla canoa, e ha spinto la canoa in acqua.

– Guai a voi se lo rovesciate. Guai a voi se questa bestia torna in acqua.

Non so neanch'io come abbiamo fatto, ci abbiamo messo un'infinità di tempo ed è stata una fatica nera, ma alla fine siamo riusciti a raggiungere la casa galleggiante di Saverio. Non abbiamo attraversato il fiume a remi: la canoa era troppo carica, rischiava di essere pericoloso. E sinceramente non avrei sopportato di tenere i piedi sopra quella bestia. Abbiamo attaccato una fune all'anello che c'è all'estremità della canoa e l'abbiamo rimorchiata come un cagnolino, prima lungo la nostra riva, poi lungo il ponte saltando da una barca all'altra, e poi lungo la riva destra. La riva destra è stata la parte piú difficile perché eravamo controcorrente. Io tiravo cercando di non guardare la massa informe che c'era a bordo, e che a tratti si muoveva. Non sapevamo cosa avrebbe detto Saverio e cosa avremmo fatto del pesce. Speravamo che non ci avrebbe costretto a ributtarlo in acqua. Il Caimano ci controllava dal ponte, fumando una sigaretta dietro l'altra.

Siamo stati fortunati. Siamo stati cosí fortunati che ancora mi chiedo come sia stato possibile. Saverio avrebbe potuto essere ancora a letto e non sentirci. Avrebbe potuto essere in giro. Cosa avremmo fatto allora del nostro carico? Invece era in casa. Sveglio. E non era solo.

Quando abbiamo bussato ci ha aperto un uomo vestito in tuta mimetica, con la barba ispida e un paio di enormi occhiali da sole. L'ho riconosciuto subito: era uno dei pescatori ungheresi che cenavano vicino a noi alla sagra, l'altra sera. Dietro di lui, Saverio stava preparando il caffè. Simone è sgusciata tra me e il pescatore, e ha cominciato a raccontare tutto a Saverio, ma facendo una tale confusione che Saverio non ha capito nemmeno le virgole di quello che era successo. Ci ha fatto segno di sederci al tavolo insieme a lui e all'altro, e ha versato due tazze di caffè anche per noi. Questa volta ho preso io la parola, anche se Simone continuava a intervenire, e ho spiegato a Saverio cosa era successo e soprattutto che bisognava fare in fretta perché la canoa con il siluro era lí sotto, ancorata alla sua casa. Il pescatore straniero ci guardava di traverso, perché non capiva niente dei nostri discorsi, ma quando Saverio lo ha portato fuori e gli ha mostrato cosa c'era nella canoa, quello ha infilato una serie di esclamazioni nella sua lingua che non lasciavano dubbi: aveva capito benissimo.

È tornato da noi e ci ha fatto segno con un pollice. – Uno.

Uno cosa? Non ne avevo idea. Ma con mia grande sorpresa, Simone mi è passata davanti e ha risposto: – Quattro.

Il pescatore è scoppiato a ridere. Ha alzato un altro dito a metà. – Uno mezo.

– Tre.

– Due.

– Tre o niente.

– Due mezo.

– Due e mezzo. Però subito.

Il pescatore sembrava divertirsi come un matto. Ha detto qualcosa a Saverio indicando Simone, e Saverio ha annuito in segno di approvazione. Lo straniero ha tirato fuori un portafoglio, ha contato dei soldi e li ha dati a Simone. Poi ha scaricato il siluro dalla canoa.

Simone ha dato una banconota a Saverio, che non la voleva. Ma lei ha insistito e gliel'ha infilata in tasca. Abbiamo riportato indietro la canoa a traino perché eravamo senza pagaie. Sul ponte c'era ancora il Caimano. Non ci ha chiesto niente. Non gli abbiamo detto niente. Ma Simone ha tirato fuori dal mazzo un'altra banconota e gliel'ha allungata. Il Caimano ha grugnito qualcosa e se l'è messa in tasca.

– Credo di aver bisogno di fare colazione, – ha detto Simone, dopo che abbiamo rimesso a posto la canoa. – Forse, se torniamo a casa e ci rimettiamo a letto, scopriamo di aver sognato tutto.

– Eccoli, i fidanzatini! – Sulla strada per Dandelion incontriamo le Due Elle. Sono nervose come anguille elettriche. – Si può sapere dove vi eravate cacciati? Senza neanche avvisare? Vi stavamo cercando dappertutto! Non ci hanno nemmeno lasciato fare colazione per venirvi a cercare!

A parte le Due Elle che hanno dovuto rimandare la colazione, a Dandelion è tutto come sempre: mamma e zia in cucina a sperimentare ricette, papà che aggiusta l'altalena, Martina che lo insegue in giardino... Chi potrebbe dire che sia davvero successo quello che è successo? Ha ragione Simone. A pensarci bene, potrebbe essere tutto un sogno. A parte per i soldi che mi tengo in tasca e che sono incredibilmente reali. Venti gelati da BluFreddo. Dieci numeri di *Beck*. Il doppio cd dei *Concerti Brandeburghesi* di Bach! Mi sento stanchissimo però. Credo che mi stenderò un attimo sul divano. Speriamo che non mi becchino per qualche Lavoretto, oggi proprio non potrei farcel...

Capitolo ventiduesimo

Credo di essermi addormentato e riaddormentato almeno sette volte, prima di svegliarmi del tutto. Che ore sono? Quanto ho dormito? Fuori c'è luce ma non si capisce se sia mattina o pomeriggio. Non c'è mai tutto questo silenzio a Dandelion durante il giorno. Dove sono tutti?

Mentre dormivo, l'angolo di un libro mi è rimasto stampato sulla guancia. Sposto il cuscino del divano: in realtà non è un libro, ma l'album di fotografie che ho nascosto lí il giorno in cui Oddi mi ha fatto cadere dalla sedia. Lo infilo sotto il braccio e vado in cucina a cercare qualche avanzo di torta salata. Sul frigo trovo un biglietto: *Siamo andati da BluFreddo. Aspettaci a casa.*

E ti pareva. Per una volta che fanno un'uscita interessante, io vengo lasciato sul divano.

Spero almeno che il turco li tenga impegnati per un bel po' con i suoi trucchi da giocoliere, cosí posso starmene tranquillo sull'amaca senza che nessuno reclami il suo turno. Dondolo nel mio bozzolo, scandendo il tempo come un metronomo pigro, e sfoglio distrattamente l'album. Le foto scorrono sotto i miei occhi, ma in verità non le vedo. Ho la testa piena di immagini di tutto quello che mi è capitato in questi ultimi giorni. Sono successe talmente tante cose che è come se la musica della mia vita avesse accelerato all'improvviso. Prima scopro che Simone è una femmina, poi litighiamo, poi vinciamo alla lotteria, poi salviamo il Caimano da morte certa, poi un cadavere di maiale ci sbatte addosso... e adesso il siluro. È come trovarsi a nuotare in mezzo ai cavalloni: non fai in tempo a emergere da uno che già un altro ti risucchia.

Il siluro. L'abbiamo preso davvero? Ancora non riesco a crederci. Il pensiero della sua pelle viscida e di quell'enorme bocca giallastra mi ossessiona. Cerco di concentrarmi sulle foto per scacciarlo, ma quello si ripresenta come una zanzara affamata. Piú ci penso e piú mi sembra impossib...

– OUFF!

La torta salata esplode nel mio stomaco e cerca una via d'uscita come l'aria in un palloncino. Oddi mi è saltato sulla pancia.

– Gli mancavi, – sento dire, al di là della montagna di pelo. – E le amache sono la sua passione. Cosa stai facendo?

– Cerco di sopravvivere, – rispondo farfugliando. – Simone, digli di scendere! L'amaca non ci regge tutti e due!

Neanche finito di dire e piombiamo a terra. Oddi ne approfitta per leccarmi il naso e poi si siede sul telo dell'amaca, come se si aspettasse di partire su un tappeto volante.

– Cos'è questo? – chiede Simone. Anche l'album è finito sul prato. Simone lo apre e lo sfoglia avanti e indietro. Improvvisamente si ferma su una foto. Fa una faccia cosí strana che mi alzo a guardare da sopra la sua spalla. È una foto fatta alla vecchia maniera, di quelle in bianco e nero, anzi marroncino. E nella foto ci sono io. Dovrei essere contento che zia Magda tenga la mia foto nell'album di Dandelion, ma c'è qualcosa che non va. Simone la guarda a lungo, poi guarda me. La guarda di nuovo. Ha lo stesso sguardo di quando abbiamo preso il siluro, tra l'incredulo e il confuso.

– Sei tu.

– Sí, ma... boh, non mi ricordo di quando l'hanno fatta.

– Che strano, – Simone ha la voce pensierosa. – Dario, vieni con me. Ti devo mostrare una cosa.

– Non posso allontanarmi da Dandelion, devo aspettare che tornino gli altri. Non ho le chiavi per chiudere casa.

– Chiudi il cancello elettrico e lasciamo qui

Oddi a fare la guardia, vedrai che non succede niente. Dài, andiamo.

Non c'è niente da fare, non riesco a dirle di no quando mi guarda cosí.

È passata solo qualche ora da quando abbiamo attraversato il ponte all'alba, trascinando la canoa con il siluro, eppure il fiume non sembra piú lo stesso. Tanto prima sussurrava lugubre e minaccioso, tanto adesso scorre solenne e solare, una pianura d'acqua sotto il cielo caldo, con la faccia di uno che non ha niente da nascondere. È un fiume dalla doppia personalità.

Al pensiero che nelle sue acque nebbiose possano esserci altri siluri, anche piú grossi del nostro, rabbrividisco. E dire che ci sono caduto dentro! Lo scontro con una carogna di maiale non deve essere niente in confronto alla sensazione delle labbra deformi di un siluro che si chiudono sul tuo polpaccio. Spero che il pescatore se lo sia portato via.

Davanti a me, Simone fa schioccare le assi del ponte con passi impazienti: vuole mettermi fretta. Non ha voluto dire cosa deve mostrarmi. Ha solo preso l'album di foto, senza spiegazioni, e ora sbuffa se accenno a rallentare. Ma mi lancia anche delle occhiate strane, come se sospettasse che anch'io nasconda una doppia personalità.

Appena passato il ponte, Simone si tuffa nell'intrico del bosco. È piú o meno il punto dove mi ero infilato io per sfuggire a Oddi. Non faccio in tempo a chiederle se si ricorda dov'era la lapide, che riconosco il tronco su cui sono inciampato e il nido di rovi che mi tratteneva. Lí accanto c'è la lapide.

Quella sera non l'avevo vista, c'ero semplicemente caduto sopra, ma adesso ho la prova che non era un'invenzione di Simone: è una lapide vera. Il muschio l'ha ricoperta in piú punti, come se volesse mimetizzarla, e ha nascosto quasi del tutto un medaglione che contiene la foto e che forma un piccolo rigonfiamento ovale sulla superficie della pietra.

Simone prende un fazzoletto e pulisce delicatamente il medaglione. Poi mi guarda. – Dario...

Mi avvicino. Sposto la sua mano che tiene lo straccio. Nella foto ci sono io. È la stessa foto che c'è nell'album. Sono proprio io. Sí, ho i capelli un po' diversi, e i contorni sono sfocati, ma mi guardo allo specchio tutti i giorni, nessuno riconosce il mio viso meglio di me. Quella è la mia faccia.

Con le scarpe scalzo le piante cresciute ai piedi della lapide e scopro una base di pietra orizzontale con delle parole incise. Mi chino a pulirla con le mani, con la maglia, con gli sputi, e il cuore mi manca un colpo. Sotto le mie mani

è apparsa una scritta: *Riposa in pace, ovunque tu sia.* E c'è un nome. Il mio nome.

C'è il mio nome. E la mia faccia. La mia faccia e il mio nome. Sulla pietra. Sono di pietra anch'io.

– È uno scherzo?

Non è una domanda, è uno scongiuro. Incrocio lo sguardo di Simone e penso che no, non è uno scherzo, penso che sono morto e sto sognando tutto. Sto sognando questo posto, sto sognando gli occhi verdi di Simone e la pelle delle sue guance, sto sognando il caldo che mi inzuppa la schiena e le risate sussurrate del fiume in sottofondo, sono ghigni non risate, sono bisbigli beffardi che mi affossano i pensieri, sto sognando le voci in lontananza che mi chiamano, ma da dove chiamano? Sento il mio nome ripetuto piú e piú volte, ma cosí distante... Da dove vengono le voci? Sono morto, e questa è la mia tomba. Le voci che mi chiamano arrivano da sottoterra?

Simone deve aver letto tutto questo nei miei occhi, perché si inginocchia di fronte a me e allunga una mano a stringermi il braccio. Il suo tocco mi dà un brivido. È la prima volta che sento la sua mano addosso? Simone prende la mia faccia tra le mani, come si fa con i bambini piccoli. E io vedo la sua bocca che si muove ma non sento suoni, solo odore di caramella, si possono sognare gli odori? Le mani di Simone sulle guance mi confondono, nessuno accarezza i morti, tranne la musica. E le voci si avvicinano, il mio nome come un'eco.

Capitolo ventitreesimo

Quando l'Allegra Famiglia è rientrata dalla gita in gelateria, ha trovato il giardino di Dandelion in condizioni pietose. Oddi aveva apprezzato molto i giochi di Martina sparsi sotto il portico e li aveva trascinati qua e là, lanciandoli per aria e rincorrendoli, senza fare molta differenza tra il selciato del sentiero, le aiuole e i vasi di fiori di zia Magda. Per di piú, doveva avere avuto l'idea di giocare a guardie e ladri con i due gatti della zia, oppure con qualche lucertola, perché non erano state risparmiate neppure le piante piú grandi. Perfino la forsizia, che è un groviglio fastidioso di rami, sembrava essere stata attraversata da una galleria dell'alta velocità.

Dopo aver speso tutte le sue forze in quella ginnastica, Oddi si era accucciato vicino alla rete, piombando in un sonno profondo.

Sulle prime, la zia Magda ha pensato che fossero entrati i ladri. Ma poi si sono accorti che la casa era a posto e che non mancava nulla. Hanno concluso che c'entravo io in quel disastro, ma non mi hanno trovato da nessuna parte. Sicuramente le Due Elle avranno insinuato che me l'ero svignata per non subire le conseguenze dei miei misfatti, ma a quel punto gli adulti avevano cominciato a preoccuparsi. Quando hanno suonato a casa di Simone e nessuno ha risposto, si sono detti che doveva essermi successo qualcosa.

Erano loro le voci che mi chiamavano.

Dopo aver cercato inutilmente di farsi ascoltare, Simone mi ha tirato una sberla.

Mi ha chiesto scusa subito dopo, ma ha detto che non sapeva in che altro modo riportarmi alla realtà. Le stavo davanti come un tronco di salice, con gli occhi sgranati come se fossi in trance.

In effetti non avevo sentito una parola di quello che mi aveva detto. La scoperta che quella lapide portava il mio nome, oltre che la mia foto, mi aveva come inceppato.

– È veramente strano. Ci deve essere una spiegazione, – continuava a ripetere Simone. – Adesso però usciamo di qui, prima che i tuoi mandino le forze speciali a cercarti. Ti stanno chiamando da mezz'ora.

Appena usciti sulla strada, abbiamo incrociato mio papà con le mie sorelle. Si erano divisi per cercarmi, e loro stavano andando verso

il paese. Non sono riuscito a trattenermi: appena l'ho visto, gli ho buttato le braccia al collo.
– Papà, sono morto.

Non so se avesse intenzione di darmi una sgridata, ma vedermi cosí gli è bastato. A differenza della mamma, mio papà capisce subito quando non è il momento di fare ramanzine.

Papà ha detto a Laura di tornare a casa con Martina e di dire agli altri che era tutto a posto e che eravamo con lui. Poi ha proposto a me e a Simone di andare a prenderci qualcosa di fresco al Bar Sport. Di fronte a tre aranciate gli abbiamo raccontato tutto e Simone gli ha fatto vedere l'album con la foto. Papà l'ha guardata a lungo. Poi ha guardato me. Ma non era preoccupato, sorrideva. E continuava a dire «ma guarda un po'!»

Ha estratto la foto dall'album e ha detto:
– Non ho mai visto questa foto prima, ma credo di avere una spiegazione. Sapete, io e Magda litigavamo spesso quando eravamo bambini. E ogni volta mio padre, cioè tuo nonno, si raccomandava che facessimo pace al piú presto. Diceva che non ci rendevamo conto di quanto eravamo fortunati, ad avere io una sorella e lei un fratello. Diceva che alla nostra età lui avrebbe dato qualunque cosa pur di avere suo fratello con sé. Il fratello del nonno era piú grande di cinque anni, ma andavano d'accor-

dissimo. Si chiamava Dario, – e dicendo cosí, papà ha girato la foto. Dietro c'era una data: *1930*. – Fin da piccolo, era stato un bravissimo musicista. Aveva imparato a suonare l'organo e appena poteva correva a esercitarsi nella chiesa del paese. È stato lui a trasmettere a tuo nonno la passione per la musica, e poi a sua volta il nonno l'ha fatto con me e Magda. Uno o due anni dopo che gli hanno scattato questa foto, Dario è scomparso.

– È annegato nel fiume?

– Non si sa esattamente che fine abbia fatto e tutti hanno sempre creduto che fosse annegato. Quella che avete trovato nel bosco probabilmente è una lapide in sua memoria, messa vicino al posto dove andava spesso a pescare. Ma in verità potrebbe anche essere andata in un altro modo: si sapeva che Dario non andava d'accordo con i genitori, specialmente con il padre, che vedeva di malocchio la sua passione per la musica e avrebbe voluto che il figlio si dedicasse ad attività piú redditizie. E cosí Dario potrebbe essere scappato ed essersi rifatto una vita altrove. Questo almeno è quello che ha sempre pensato tuo nonno, che ci parlava spesso delle mille qualità di suo fratello e non ha mai smesso di sperare di rivederlo, un giorno o l'altro. Per noi bambini il nome dello zio Dario era diventato quasi una leggenda, una specie di eroe appassionato e avventuriero. Per questo, quando sei nato tu, mi è sembrato un nome bellissimo da darti.

– Ma, papà... è uguale identico a me.

Papà ha sorriso di nuovo. – Già, la somiglianza è impressionante. È una sorpresa anche per me. Non sapevo che faccia avesse lo zio Dario, non ho mai visto una sua foto prima d'ora, – ha ammesso. – Non sapevo neppure che ce ne fossero. Sapevo che Magda aveva trovato in soffitta delle vecchie foto di famiglia e voleva sistemarle negli album, ma poi non ne abbiamo mai parlato. Siete proprio due gocce d'acqua. Che coincidenza, eh?

– Fiuuuu... che storia, – ha commentato Simone, staccando finalmente le labbra dalla cannuccia dell'aranciata. Scommetto che la inserirà nel suo repertorio.

In quel momento è arrivato Saverio. Ha dato un buongiorno generale con un piccolo inchino, ha offerto a Simone uno dei suoi soliti mazzetti di fiori gialli ed è entrato nel Bar Sport.

– Ecco un'altra coincidenza, – ha detto mio papà, indicando i fiori. – Quelli sono fiori di tarassaco. Avete presente? Sono quelli che poi diventano soffioni. Il tarassaco da noi viene anche chiamato «dente di leone»...

– *Dent de lion*... – ha mormorato Simone.

– Sí, quello è il nome francese. Che in inglese poi è diventato *dandelion*.

– Dandelion?! – abbiamo esclamato io e Simone nello stesso momento.

Il papà ha annuito. – Infatti quando eravamo bambini il prato di Dandelion era completamente tappezzato di denti di leone. D'estate era un mare giallo, pieno di piccoli soli abbaglianti. Questo ovviamente accadeva prima che alla zia Magda venisse la passione del giardinaggio e dichiarasse guerra a tutte le piante selvatiche, – ha detto ridendo. Poi ha aggiunto, con aria piú pensierosa, quasi parlando tra sé: – E il dente di leone ha una caratteristica: ha una radice molto lunga, che si spinge in profondità nel terreno. Cosí, anche se il fiore o le foglie vengono strappati, la radice rimane conficcata in terra e può dar vita a una nuova pianta.

E lí mi ha guardato in un modo strano. Pare stupido da dire, ma sembrava che si accorgesse di me per la prima volta da un sacco di tempo e che fosse *sorpreso* di vedermi.

Se n'è accorta anche Simone, che si è mossa sulla sedia a disagio e ha fatto in modo di rompere quel silenzio imbarazzante. – Torniamo a casa?

Papà ci ha dato i soldi per pagare le aranciate, mentre lui è rimasto seduto al tavolino. Fuori, il sole era talmente forte che appena siamo entrati nel Bar Sport ci si è oscurato tutto. Sono andato a sbattere contro qualcuno.

– Cosa ci fai qui? Vuoi rogne, piscialletto? Ti ho detto di stare alla larga.

Le parole sono arrivate insieme a uno spintone. Era il Caimano.

– Tregua finita, – ha ridacchiato Simone.

Saverio, che leggeva il giornale appoggiato al bancone, ci ha allontanato gentilmente dalla cassa e ci ha fatto l'occhiolino: aveva già pagato lui le nostre aranciate. Lo abbiamo ringraziato e ci ha stretto la mano con tanto sussiego che non so se ci stesse solo salutando o se si congratulasse di nuovo per la faccenda del siluro.

Fuori, papà aveva ancora lo sguardo fisso sul mazzetto di fiori gialli. – Stavo pensando che sulla via del ritorno potreste portarmi alla lapide. Ci terrei a vederla.

Capitolo ventiquattresimo

Certe volte mi capita di sognare che il mio zaino ha una tasca in piú. Una tasca grande, per giunta, che per qualche motivo non ho mai notato prima e che si spalanca rivelando uno spazio nuovo in cui mettere le cose. A volte nel sogno la tasca è piena e nasconde delle cose o dei giochi che da tanto tempo non trovo piú. La storia dello zio Dario mi ha fatto lo stesso effetto. È stato come scoprire di avere un amico, o un fratello, o un altro me stesso. È vissuto un secolo fa, ma portava il mio nome e aveva la mia faccia e calpestava la stessa terra che io calpesto adesso. In qualche modo c'è un pezzo di me in questo fiume, in questo bosco, e anche in questa lapide corrosa dal tempo e dal muschio. Anche adesso che conosco la verità sulla lapide, devo confessare che mi fa comunque un certo effetto vedere il mio nome inciso sulla pietra, sotto una faccia che potrebbe davvero essere la mia. Non so se è per la scritta, o per la somiglianza, o per le cose che mi ha raccontato papà, ma mi sento come se la storia di Dario mi appartenesse. Avrei voglia di raccontargli quello che ho fatto in questi giorni, nella sua casa e sul suo fiume. Se fossi da solo, forse lo farei.

Papà ha definitivamente liberato la lapide dalle ultime erbacce che la coprivano e Simone ci ha appoggiato sopra i denti di leone che le aveva regalato Saverio.

– Perché non me ne hai mai parlato prima? – ho chiesto al papà.

– Non lo so... Forse non volevo renderti triste con questa storia. Avevo chiuso tutte le cose belle che sapevo di Dario nel nome che ti abbiamo dato, e poi non ci ho piú pensato.

Come ha fatto a non pensarci piú? Certe volte gli adulti non sanno cosa siano le cose importanti.

– Be', invece avresti dovuto. Non è una storia triste. Magari non è morto nel fiume, magari è scappato ed è diventato un musicista e nessuno della famiglia l'ha mai saputo.

– Hai ragione. Chissà se Magda sa di questa lapide. Credo di no, altrimenti le avrebbe già costruito un giardino intorno.

Simone ha sobbalzato per un pensiero improvviso. – Forse... sarebbe meglio che tornassi a casa. Ho lasciato Oddi nel vostro giardino e non vorrei che...

– Se è per quello, puoi fare con calma, – ha riso il papà. – Il tuo cane ha già fatto, anzi *disfatto* tutto quello che poteva! Comunque hai ragione, meglio rientrare: dobbiamo preparare le valigie.

– Per andare dove? – ho chiesto, ingenuamente.

– Per tornare a casa, ragazzo. Si parte domani all'alba. Oggi è il nostro ultimo giorno di villeggiatura.

Era questo che volevi dirmi, quando mi guardavi cosí? È per questo che non mi lasciavi appoggiare il violoncello contro il termosifone e continuavi a farlo ruotare verso la finestra? Tu sapevi che era l'ultimo giorno, perché hai tenuto il conto, e volevi salutare il prato di Dandelion?

Io non ho tenuto conto di niente. E non mi sembra possibile che siano già passate tre settimane! Non mi fiderei del calendario, se ne avessi uno. Ma di te mi devo fidare, Johann Sebastian. Sei conosciuto come uno molto preciso. Si parte domattina all'alba.

Zia Magda e la mamma hanno organizzato la cena di fine vacanza e hanno invitato anche la famiglia di Simone. Niente corso di Cucina Creativa, questa volta! Penelope ha insegnato alle cuoche dell'Allegra Famiglia a fare i tortelli di zucca secondo la ricetta di sua nonna: ti assicuro che davano dieci a zero a qualunque *aspic*. Il papà di Simone ci ha mostrato un sacco di trucchi con le carte, che hanno molto impressionato le Due Elle. Martina ha deliziato la serata cantando in continuazione e Penelope era di ottimo umore. Simone si è presentata a cena *pettinata* e vestita *da femmina*, e si è presa i complimenti di tutti i grandi.

Ci sto girando intorno? Non vuoi sapere come è andata la cena? È inutile che ridacchi, so benissimo cosa vuoi sapere. Impiccione. Non avevo idea di come salutarla, ecco la verità. Ho salutato diecimila volte degli amici maschi... ma un'amica femmina, mai. Non potevo mica darle una gomitata, come facciamo io e Vittorio. Come si saluta un'amica femmina? Baci sulle guance? Sí, figurati: e poi magari anche il baciamano con l'inchino. Quello a te sarebbe piaciuto, ci scommetto. Non ti sembrerebbe vero di vedermi fare un baciamano, come ai tuoi tempi. Comunque, ecco com'è andata: finita la cena, i grandi si sono trasferiti sul prato, e Simone ha detto che andava a dormire e ha salutato tutti. Cosí, in generale. E a me ha detto: – Mi accompagni?

Le Due Elle non hanno sentito. Meglio cosí. Simone è passata sul retro della casa per usare un'ultima volta il nostro passaggio attraverso la rete. Eravamo soli.

– Questi sono per te, – mi ha detto. E mi ha dato due *dandelion*. Uno era giallo acceso, l'altro invece era un soffione. – Uno è il presente e uno il futuro. Puoi farne ciò che vuoi.

Invece di prendere i fiori, ho fatto una cosa senza senso. Davvero, ancora mi chiedo come ho potuto farlo, ma erano giorni che ci pensavo, e soprattutto oggi quando eravamo alla lapide e lei mi ha preso la faccia tra le mani... Ecco, ho fatto proprio questo: ho preso la sua faccia tra le mani. Veramente ero solo curioso, volevo solo sentire com'era la pelle delle sue guance, perché ogni volta che la guardavo mi sembrava che fosse fatta di qualcosa che non era proprio pelle, ma qualcosa... non so, qualcosa di piú morbido.

Poi però, con la sua faccia tra le mani, e i suoi occhi come pesci brillanti, e i capelli di nuovo pettinati con il ricciolo, e quell'odore di caramella... Insomma, di colpo mi sono ricordato che era una femmina e che stavo...

– Grazie, – ho bofonchiato come un idiota. Ho abbassato le mani e afferrato i due denti di leone uno per parte, come se fossero le pagaie della canoa, mi sono voltato e sono venuto via. Poi però mi sono girato di nuovo. Lei era ancora lí, ferma vicino alla rete, e mi guardava con il suo sorrisetto. Volevo dire qualcosa di importante. Una di quelle battute indimenticabili con cui si chiudono i film, per capirci. Ma sono riuscito a malapena a pronunciare «Ci vedia...», che Oddi mi è arrivato addosso e per l'ennesima volta mi ha buttato a terra. Pensavo che quel cane non avesse piú diritto di cittadinanza a Dandelion, dopo quello che aveva combinato!

Simone è scoppiata a ridere e ha concluso la frase per me: – Sí, ci vediamo, Dario di Dandelion. *A très bientôt!*

Johann Sebastian Bach mi guarda con espressione ironica, ma ho deciso di ignorarlo. Non riesco a dormire perché penso a tutte le cose che sono successe in questi giorni. Mi alzo e apro la finestra. Sotto di me c'è il giardino di Dandelion. L'erba è perfettamente verde, tagliata tutta alla stessa altezza. Penso che certe volte zia Magda esagera davvero, con questa storia dei fiori. Penso alle radici dei denti di leone, che magari sono sotto terra e aspettano che lei si distragga per crescere di nuovo. Penso alla lapide e allo zio Dario che sarà sempre un ragazzo in una foto, ma che un po' è anche me, un ragazzo vivo e vero. Penso ai fiori che mi ha regalato Simone, al presente e al futuro. Certe volte il futuro ha bisogno di un aiuto. Prendo il soffione, e lo alzo contro la notte. Se il fiore giallo sembra un sole, il suo soffione sembra proprio una piccola luna piena. Ci soffio sopra. Una, due, tre volte. I semi volano e si disperdono sull'erba del prato, come neve d'estate.

Il presente lo porto con me. Il futuro lo lascio qui ad aspettarmi.

Ringraziamenti

Un grazie speciale ai miei Cugini Selvaggi, per avermi fatto vivere il fiume e le sue storie.

E poi grazie a Leonardo, per aver dimenticato il violoncello nella mia auto; a Rebecca per le lezioni di musica al telefono (anche in orari da divano e fumetto); a Giovanna, per le notti passate a inseguire il siluro di carta; alla Tribú dei Nipoti per i preziosi commenti (a proposito: «già che ci siete...»); a Irene per il taglio di capelli; a Aldo per le (finte) litigate illuminanti; a Anna e Paola per l'affettuosa lettura top-secret; e a tutti gli amici di Fossacaprara, dove c'è l'antica sagra piú bella del mondo.

Indice

L'estate dei segreti

Finito di stampare nel mese di agosto 2012
per conto delle Edizioni EL
presso LEGO S.p.A., Vicenza